域外小說集弟二册

會稽周氏兄弟纂譯

序言

域外小說集爲書。詞致樸訥。不足方近世名人譯本。特收錄至審慎。迻譯亦期弗失文情。異域文術新宗。自此始入華土。使有士卓特。不爲常俗所囿。必將犂然有當於心。按邦國時期。籀讀其心聲。以相度神思之所在。則此雖大濤之微漚與。而性解思惟。實寓於此。中國譯界。亦由是無遲莫之感矣。

己酉正月十五日

略例

一集中所錄。以近世小品爲多、後當漸及十九世紀以前名作。又以近世文潮。北歐最盛、故采譯自有偏至、惟累卷既多。則以次及南歐暨泰東諸邦。使符域外一言之實。

一裝釘均從新式。三面任其本然、不施切削。故雖翻閱數次。絕無汙染。前後篇首尾、各不相啣。他日能視其邦國古今之別、類聚成書、且紙之四周。皆極廣博。故訂定時亦不病隘陋。

一人地名悉如原音、不加省節者。緣音譯本以代殊域之言。留其同響、任情刪易、即爲不誠。故寧佛戾時人、遂徙具足耳。地名無他奧譎、人名則德法意英美諸國。大氐二言、首名次氏、俄三言。首本名。次父名加子謂。

次氏。二人相呼。多舉上二名。曰某之子某。而不舉其氏。匈加利獨先氏後名。大同華土。第近時傚法他國。間亦逆施。

一！表大聲。？表問難。近已習見。不俟詮釋。此他有虛線以表語不盡。或語中輟。有直線以表略停頓。或在句之上下。則爲用同於括弧。如「名門之兒僮—年十四五耳—亦至」者。猶云名門之兒僮亦至。而兒僮之年。乃十四五也。

一文中典故。間以括弧注其下。此他不關鴻旨者。則與箸者小傳及未譯原文等。並錄卷末雜識中。讀時幸檢視之。

目次

先驅

芬蘭 哀禾 著

二人同役牧師家一爲童一爲婢男牧馬女則供家事臨食共案而坐必交相譏顧次則循序以至門主人夫婦謂小偶殊不相稱正如人言不啻犬之與猫也第每值夜漁或相將刈稻束芻則室家之心亦與漸長嘗遠至荒林擇沼畔一區爲將來茅舍地荒林固無所惜特需闢治之耳今日赤楊蕭瑟之處可以轉爲田疇而溪邊原隰則鬱成艸地第使能築茅屋一椽斯善矣顧二人庸直殊儉且治地必更得一馬一牛以是而二人昏事亦爲之遲遲未遂惟年來情愫益密將來希望日益光明二人暇時恆自計其積蓄當更歷幾時資斧始得足也人殊不意此兒女心中乃懷大

希冀得自由別立家室以二人居牧師家頗極安適百無所慮有食有衣
願不知二人之心蓋向荒林久矣
一年夏日二人云將辭役鄙人聞之咸來勸沮曰荒林之中冽寒爲虐汝
徒自招負債耳不數年兒女將繁而鄙中匃者亦已足矣願二人籌畫是
事已垂五年其心旣决牧師遂爲之布告昏因至秋乃皆辭去
是年冬二人尙居旅中微勤方在林間經營茅舍間或作工牧師家安尼
則臂助主婦爲之縫紉次年五月乃舉昏禮其資皆主人所贈牧師則出
其家之巨室爲舊僕合昏逮二人別去牧師立窗後望之至不復見搖其
首曰且任少年試之究何得者且荒林爲物非兒女資斧所能闢者也雖
然芬闌之林乃信以如是資斧闢治而牧師之言亦誠也
吾儕鄙中少年乃送舊友寧其新居又遍游林中消此永日林木翳如色

作新綠入夜歸新舍而舞室中地版猶未聯合梁末參差出於屋角田疇雖分荒穢未去惟坡陀之上有新麥作牙穉木株間其色嫩碧而稻田一區其上尚積枯木安尼就地然苣火又初次取牛湩乳吾與微勒共坐石上觀新婦趨作夕照中時尚衣盛服微勒計將來之事意气甚盛曰如吾儕不病冽寒不至者斯可矣已而復言如先得吾心者曰吾知此處沼澤實爲寒气之巢穴然使人能奮力吾將闢林廣之更启一地以納陽光……今當薄莫或小覺陰寒第至明年夏日可復來一相視也

次年夏吾不之訪又次年亦然蓋忘之矣一日返家乃詢其近況吾父曰彼輩漸至負債吾母益之曰且安尼亦病矣

* * * *

數年後吾已爲學生時當秋假乃攜一銃一狗入鄉游獵一日爲十月曇

天吾行林中忽得鳥道其狀頗稔微雨漸下犬奔走吾前忽乃怒鳴繼之以吠時聞前路有馬蹄聲及路隅則馬首已見懸二木之間木端著地轅間結素帛縛柩橫木上微勒徒步從其後爲之扶掖狀若扶挈顏色憔悴兩頰色皆慘白目光黯然吾呼其名乃識我吾問之曰若所將何物耶答曰吾死婦也吾曰死耶曰、然、死矣吾復問之盡知其事列塞負債多子婦遂病終以積勞而殞今歲之就窀穸而道路滋惡第能支持氐禮拜寺斯已幸矣有時馬出路畔就枯葉欲得艸食之微勒則掣其繮叱之曰荷荷馬飢欲得食憔悴之狀不亞其主視之殆如槁骸也已而微勒別去注目視柩木端曳沙徑而過作二小溝

吾進至澤畔見其地已掘一溝顧工方及半遽已中輟吾循舊路直至茅舍之外籬後有瘦牛微鳴一豕呻吟場圃中園門扃而未閉場中有虛榻

死婦之衾則被於籬上梁木參差如故窗間波黎昏暗檻上置楊木小匣植金鳳華已槁矣顧微勸在此已闢地一小區凡稻田一帶廣二畝餘又秧田廣可一畝第至是時其力已竭彼伐木去之轉赤揚之林使成平地而其後松林陰黑狀若祟垣不可以過人力遂亦不能不暫止矣吾立廢墟間久之大風怒号林中過吾耳畔拂銃口作異聲如人哀泣也

* * * *

今也第一先驅者已盡其職不能復作矣精力耗亡目光亦銷其餒當日自信之气亦不復存矣行必有第二人繼之興起受其舊居或能稍得佳運耳蓋以事已較輕當其前者非復浩蕩荒林未經人治既得舊舍爲之庇又取前人耕地播而種之則今茲山中茅屋異日必爲饒富之田家歷時既久漸成邨落焉

顧孰有遐念前人以所有資斧少年精力首闢此地者耶二人皆兒女耳且又徒手以至是也雖然芬闌之林乃正以如是資斧闢爲田疇假使二人留牧師家一爲御者一爲侍兒固當終身晏安不遭憂患惟荒林且永久不闢而文化曙光亦莫由入矣

每見田中麥秀禾穗就黃人當常念先驅者之烈特吾儕不能樹碑墓上爲之記念蓋言其往事如是者則既千萬人而姓名皆不聞於後世也

（作人）

默（寓言）

美國　亞倫•坡　著

Εὕδουσιν δ' ὀρέων κορυφαί τε καὶ φάραγγες,
Πρώονες τε χαὶ χαράδραι.

羣峰微暝巖谷竄穴皆默而不言　亞爾克曼句

汝聽我爲此言者厲鬼則舉手加吾頂也曰、吾所言境地在力比邪傍頹耳之水裔景色幽怪既無無動亦無無聲

水波作憔悴色如番紅華其流汒洋乃不入於海但喘息於踆烏赤目之下拘攣櫛汨無有窮期水裔擁奧泥盡數適爾是成荒陂彌望多生睡蓮爲狀儷然處此荒涼之中一一臚歎且伸其修頸向天森森作陰气而永

住之首乃屢俯仰也彼中有呻吟聲若可辨若不可辨如伏水之沖激於地中而彼等於茲臚歎

然其地有界是亦以界森林林幽黯可怖下生叢莽柯葉相結搖動如赫勃烈兇之波濤而時固無涼風之起也大木亦偃仰作厲聲如裂露珠下自樹杪滴滴不已其趺有毒華糾纏狀悉詭異踠地相枕藉空中聲沙沙然見灰色雲西竄既及天末則如飛瀑蹴火色之壖而時固無涼風之起也而碩耳之水裔乃無無動亦無無聲

日莫雨忽集然雨者雨而集者血耳余立蓮澤間雨集於吾首而蓮則處此荒涼之中乃一一臚歎

忽焉有月度瘦霧出色如渥丹余在月光中瞥覩一巨石黝然立於水裔其色蒼白甚森厲甚岧嶤而色蒼白也石腹受鐫如文字余越蓮澤至水

厓漸能見其文顧終弗審其誼余復返吾澤月色轉殷因再覘其石與石

腹之文而文曰寂寞

已而仰視乃有人立石上余遂匿蓮叢中能覘其狀是人莊嚴修偉衣古羅馬妥喀之衣其長蔽肩至足形狀不可甚辨揣其風度殆神人爾時雖遙夜益以月以霧以露而貌獨灼然博顙多覃思其目作警色余又讀頯間皺散如披隱書乃洞識其侘傺頹唐幷有所厭勌於人間及孤寂以還之希望

是人藉石坐倚頭於手放觀荒涼俛視短林仰矚高木與有聲之天與血色之月余臥就蓮華深處遙察其狀而是人乃戰栗於寂寞之中而夜闌矣而是人藉石坐

是人乃運眸子離天下矚碩耳之水與憔悴之波與黯澹之蓮澤且聆蓮

華之臚歎與澤中之呻吟余臥就蓮華深處遙察其狀而是人乃戰栗於寂寞之中而夜闌矣而是人藉石坐

余乃臨深澤遙涉汒洋入睡蓮之茂密地呼澤居之海馬出海馬得呼偕昆赫濮士出臨石趺大嗥於月下余臥就蓮華深處遙察其狀而是人乃戰栗於寂寞之中而夜闌矣而是人藉石坐

余乃以喧豗詛祝元行則有旨風起於天末然其處固無噫气者天受旨風攪爲鉛色暴雨打是人首大波陡立激水生白漚睡蓮亦嘯吟於其榻林木當風而列雷起電落石趺動搖余臥就蓮華深處遙察其狀而是人乃戰栗於寂寞之中而夜闌矣而是人藉石坐

余憤益烈乃以幽默詛祝羣品此水此華此風此木此天此雷此蓮華之歎息羣品既轉爲可詛則立靖月不轆轆行其天雷止電熄雲垂如如水

波沒而不起林木定焉欸息已呻吟止盡此廣漠之野乃無微聲余覘石腹之文則既轉化而曰幽默

余覘其人色轉青白疾舉其首立而遬聽顧盡此廣漠之野乃無微聲而石腹之文則曰幽默其人戰栗返身以馳滅矣沒矣不復之見

*　*　*　*

桉波斯之摩琪古冊爲書極莊嚴中多危言無不入妙由我言之此實記天地大海及司天地大海諸明神赫戲之史也而古神巫所言中亦多函理致此他若干聖迹亦猶能聞諸玄葉之顫動於大神攸居地曰陀陀那者然適厲鬼所言事若在幽宅影中傍吾枯坐則其所告語誠事之尤幽怪者爾厲鬼語竟仆於幽宅之穴而唉而余不能和鬼乃詛余以余不之和耳時有野貍蓋久寓古墓中者出伏厲鬼足次睨其面目睒睒也

（作人）

月夜

法國 摩波商 著

長老摩理難其名勇猛與其人稱也身頎且瘠為人玄怪而簡直且信仰堅定無所游移自信能知天帝通其意趣或大步行都路上時有疑問曰天帝奚為是者則力索其故自設身為天帝多能得之若在常人誠服至極輒低首言曰善哉神意良非凡人所能測顧長老不爾也每自念曰余、神僕也詎當能知造物意恉若弗知亦當善體之耳長老察萬物之存皆函妙理「何也」與「是為」兩兩相應曙光者令人朝起有喜晝以熟百穀雨以潤之夕以備假寐昏夜以高臥也四時變遷皆為農事供給至天道無為而衆生迫於時地境會屈而從之則非長老所能思及者也顧長老惡婦人憎惡之甚蓋出天性恆誦基督之言曰婦人吾將何以處汝復益之曰可知天帝雖造此物終復不懌也長老視婦人正如詩人所謂穢惡小兒逾十二重者善於蠱惑昔既註先人矣今猶業此其爲物弱而險幽怪而善惱人者也然長老惡女人身而尤痛恨其柔情自覺常見愛於婦人雖心已堅貞不能犯第見婦人一志求愛息息無間則爲之大怒意謂天帝造作女子惟以差人試其心耳故人與之近當善防衞且懷戒心如避罟獲而婦人启口張腕以迎男子其狀乃信與罟獲似也

長老視尼意似較恕蓋尼已戒誓不復有害矣顧待之亦至嚴以長老覺其心雖梏而愛念永生尚慕男子且己身則長老也尼目光盈和信逾比丘感懷過情如常婦人愛慕基督一往傾心——長老則大怒緣此爲婦人之愛則私愛也——且性情柔順與長老言聲至和婉長老或怒斥之惟畢

瑟下淚凡此皆見其柔情之在也長老出庵門則自拂法衣大步而去如脫於難者

長老有姪一人偕其母居左近小屋中長老極欲勸之出家女美好而倜儻不羈長老說法時女惟屣唉長老怒女則抱叔力擁之長老力思擺脫而心甚怡匈中親子之情滿臆雖久乃忽復生每偕之同行郁路便為說天帝事女亦不聞惟眺望天色及野中艸華生意盎然見於顏色時忽奔去捕飛蟲之屬既獲之持返乃言曰叔視此蟲其美何如吾將啖之顧長老聞女欲歐唼飛蟲或丁香華則嫌惡不自安以長老視此亦正婦人心中柔情之發露也

一日長老家僕婦守寺者之妻潛告長老謂其姪有歡子長老脣驚木立而喘時方鬚滿面皆鬑草泡沫久久意少定乃呼曰此非誠美闌尼汝誑

也婦以手按匈言曰如誑者天帝鑒之吾語長老女伺汝姊睡後便即出門二人會於川畔第至中宵汝自往視之可耳長老止鬣周行室中狀若覃思已乃返坐執刀而耳鼻之間凡三創焉

長老終日不語憤怒已極身爲神甫而目擊愛欲昌狂弗可克制益以誼若嚴父責在敎養今乃爲孺子所弄正如父母覩其女絕己而去自擇所適則益怒不可遏也午後長老欲少讀書不可得而怒益甚及十時長老攫巨杖杖製以橡木或夜出問疾輒挈之行時則執而揮之赫然微映欄忽躍起切其齒以杖擊倚倚背立碎墮地上

長老启戶欲出乃見月光娟娟爲未曾見遂卻立以長老神思幽玄有如詩人古德故今見月夜之美莊嚴而淸靖心遂爲之大動小園浴月果樹成行小枝無葉疏影橫路有忍冬一樹攀附牆上時發淸香似有華魂一

一飛舞盈和夜气中也長老吸顥气咽之如醉人之飲酒徐徐而行心自驚異幾忘其姪矣未幾至野外長老止立瞻望四野皎然一白碧空無雲夜气柔媚蛙蛤亂鳴聲聲相續如擊金石月光冶美足移人情益以杜鵑歌聲宛轉如摧入夢是靡靡之音適助人盈存也長老前行而意甚頹唐亦不自知其故惟覺力盡欲席地少休賞物色之美更進則有小溪曲流水次列白楊數樹薄靄朦朧承月光轉爲銀色上下瀰曼遍罩水曲若被冰綃長老止立萬感交集心不自寧覺復有疑問起於匈中矣

曰天帝奚爲是耶如神造昏夜俾人偃息無復有知則胡爲美逾白晝夜色柔和過於黃昏及黎明耶且星光豔冶實勝朝日殆有物焉微妙幽玄不堪白日而以此照臨之與又胡爲以彼妙光遍燭幽隱耶善歌之鳥胡不歸其巢而囀於玄夜耶大地之上胡被此綃衣心胡是搖蕩感胡是憤

興體胡是弛緩耶人寐不復有見矣則夜色雖佳果何爲者且天造物色玄妙至是設之大地將爲誰氏之娛耶此皆長老所不能索解者也野中有樹穹然而高上蒙輕露時見人影冉冉出樹下二人同行男子履身以腕挽女頸時啜其額爾時四野景物忽有生意似天成畫圖用相位置而二人者亦似是中主人此清明月夜專爲彼設者也二人徑前如來應長老之閽長老愕然癡立心躍益疾覺目前物色如聖經中路得波阿思故事在莊嚴景地順天之命結此愛緣如經所記也長老耳際恍忽聞歌呼顫深婉情見於詩長老念曰神造如是月夜殆以嚴飾男女之愛者也二人相將至長老爲之辟易蓋其姪耳顧長老自思今不將逆神命耶神既以良宵爲愛作飾矣則神之視愛不亦正耶長老乃遯驚且愧如潛進聖寺而其寺則爲己之所弗得闌入者也

（作人）

不辰

波思尼亞　穆拉淑微支　著

婦曰。謨越勿絕我。君知有良。其勿絕我乎。言次。乃投少年足下。牽其裾。婦瘦小。目匡下陷。沙聲而厲。突厥少年貌頗美好。額際血管怒張。狀欲絕裾而去。已復止立。惟顧視小厨。又望門外陂陀一帶。此其處即綏拉易伏萬家之海也。

積雪皚皚。遍罩鄰近諸山。都中亦然。人家窗戶。為冬日所照。煥作珠光。時有寒風凜凜。穿戶而入。婦戰栗。少年搓其手。前行一步。莽然曰。已矣。亞諦耶。汝已三見棄。在法不能復收。汝知之已稔。今可了此。縱吾行矣。婦應聲而呻。既乃泣曰。謨越。……嗟夫。上帝憐我。吾不能更受矣。……謨越。君詎不念當日從亞波尼亞來○挾布求售○就我時耶○爾時吾雖窮○獨○乃邀君入○爲君扶持○君曾誓不相棄○……唉、謨越○吾固或儉嗇○君可盡取吾物○屋宇園圃羊羣○皆爲君有○惟幸勿離我○少年陘然唉曰○亞詬耶哈濃○（婦人脅僻吾無君亦詎得此耳○夏屋、衆僕、美……言至此忽絕○婦眙目視之○色轉慘白○斷續言曰○嗟夫○然則爲是……爲是耳○遂釋手○躑躅起立○扶牆自支○時路已無阻○而少年不即行○睇婦面唉曰○亞詬耶○君蓋自生不辰耳○言已○出室遂去○

時聞○戶○外○積○雪○觸○履○作○聲○繼以○園○扉○暴○闢○即○闔○次循○曲○徑○以○去○步聲○漸○微○忽有○兒○僮○出○孰○各怨○小○橇○順陂○而○下○唉言○甚○歡○足音○遂○爲○所○亂○亞詬○耶○猶○立○故○處○垂首○至○胸○眙目○視○空○已而○爲○凉○气○所○中○寒戰○而○起○至鄰○室○坐○爐○之○側○坐闌○上○取所○寶○小○鏡○出○昔就○行○賈○得○此○平日○恆○合○唉○對○鏡○端審○鏡○中○人○

狀以琥珀金珠爲頸飾或著絳冠上揷華毿顧今也何如鏡中他無所有惟見顏色憔悴目光憯澹一哀怨之容而已鏡似嘲弄有言曰生於不辰然乎然乎彼少好之謨越非偶也遂墮地者然而碎婦自語曰老矣！隨去環頸金珠又去冠取黑巾包首如嫠婦然

室中寂然色漸昏黑窗闥厚重無陽光得入婦忽若懼狼顧起立有二女郎以紅巾覆首談咲過窗外婦因念謨越所言美婦不覺頹然坐地更無生气而鏡中人象又復湧見心頭乃呻吟曰唉、如彼爲吾子者倘當愛我唉、如彼爲吾子者……時欲泣而淚泉涸矣

* * * *

鄰里聞婦見棄漸來相勸慰室中自晨入夕坐客常滿或其夫外出則婦即宿於此家中百物陵亂食庫已空鄰婦有擕侍婢來者恆命之自調珈

菲。客則。居。地。然煙。艸。吸。之。去黑色外衣。下綦及肩。羣慰主人。且爲畫策不歡。一人曰。亞諦耶•哈濃。君宜詣吾鄰術士家。彼第舉手數加其額。少作祝詞。則謨越當畢生無復歡樂。一人曰。不然。哈密特•巴波寺中術士。更善訶禁。亞諦耶•哈濃。君欲驅愁。宜造彼處。彼能以術在三日中召謨越返也。時有中年婦人。膚理黝黑。兩目頗巨。色如生炭。名加尼諦•哈濃者曰。吾亦能之。然亦何益者。亞諦耶已三見棄。在天人之律。皆無可復收。不然。吾第授以束艸。俟謨越新婦自父家歸其新居時。擲之面上。當見神異。謨越將不復去。亞。諦。耶。之。側。而亞。諦。耶。瀕。死。目。光。尙當。注。其。身。上。且彼。縱。不。收。之。爲妻。亦當。尊。之。如。母。耳。亞諦。耶。初。居。室。陬。寂不。一。動。比聞。突。厥。婦。人。言。忽舉。首。凝。視。之。面作。微。顫。加尼。諦。言。益。下。亞諦。耶。徐。徐。近。就。之。時衆。已。不。復。聽。歔然。自。語。他。事。及時。旣。晏。加尼。諦。將。別。密語。亞。諦。耶。曰。然則。君。行。乎。婦聞。

言而驚垂其首目光睒睒不定旣而夬絕答曰然、吾行矣
婦乃將行尋其已失之舊歡也

＊　＊　＊　＊

是日也積雪柔膩晴日清明一如前此與彼別離之日而彼亦於今日別迎新人矣亞諦耶徐步巷中有巨宅正當路口亞諦耶視之且自語曰衆夆來耶吾覺待此將一年矣吾不知豈誠美好能在人叢中一見識之乎因往復步積雪隘巷中幸無行人見之或生疑訝路側皆園籬或爲人家屋背亞諦耶初若感寒因疾趨以取暖呼吸漸滯時間以咳婦喃喃自語曰吾不知衆以何事乃爾濡滯耶顧而忽暴熱驚而郤立兩足皆戰胡以面衣熱乃如是遂披外衣出其手如以測外間溫度奇哉熱也人將以此爲夏矣華香鳥語皆在空中異哉顧四周所有則惟冰雪冽寒如故耳亞

諦耶目睒然彳亍而前又自語曰衆寧來耶吾不復能待矣時忽見巷末室中有所動作宅門大闢一車徑出上載數婦人皆戴黑羃亞諦耶見車不覺大恐思焉得一躍上車近謨越之新婦也

謨越之新婦耶寧新婦信在是中乎亞諦耶覺熱血上涌至頂深恐一擊不中此生已矣車行漸近亞諦耶呼御者命止而其聲不揚沒於輪音不入人耳婦忽如瘋發厲聲呼曰謨越嗟夫天乎以彼返我母令我憂苦以死也因向車力奔攀援欲登已而竟上坌息誦亞剌伯祝語一手攀車一手取鮮艸投車中一女郎面其人正坐狀至羞澀如爲諸女伴所屬目者而亞諦耶時已到臥路上御者力欲止馬不可得將引避之婦人皆呼曰車前車前妖巫可惡哉未幾車過巷角瞬息已杳亞諦耶臥地不復動將已爲馬蹄所踐抑顚仆遂轢於車輪乎是安可知者

少頃別有車疾馳而至上坐少年實爲謨越及衆客也謨越坐車上見雪中臥人狀至稔熟遂大怖疾躍下車衆止之已弗及矣謨越舉瑟徐前顧不能自主遂瀕視婦面亞諦耶目徐启有喜色呼吸漸作謨越扶其首婦微咲低語曰謨越謨越言次忽見血一縷面羃爲汗謨越大駭釋其手兌佛爾(此所謂良士者後至急挽之去曰且任婦人在此勿多事否者恐或生孽障也車轆轆遂行方氐巷角亞諦耶忽奮力支其身垂死之目乃信注謨越身上顧適當謨越歸就新婦時矣嗟夫彼胡不乘臥謨越懷中時早瞑其目耶彼何當如是而死豈生既不辰死亦不辰耶

(作人)

摩訶末翁

波思尼亞 穆拉淑微支 著

世苟有知足之人其人則顯著之摩訶末翁矣摩訶末不知缺陷二字之誼亦不聞人世憂患一日嘗有人與論人間苦難摩訶末居菩提樹枝間倚枝默念所聞莫明其誼人間苦難究何物耶因悠然舉目遠眺綠野時自捋其銀髯

摩訶末自有知以來每夏薄莫輒坐菩提樹間其處作小蓬可容四五人上架懸梯翁在今日猶能援登無所難樹在大道之周下有清泉橫流泡泡作聲隔岸樹陰所及地即翁所設逆旅爲行人庇障中有老人常以珈非黑粉入沸水調之爲客已潵時客則環坐火光中靖聽古斯拉歌詩此

歌人年年以詩娛聽者今斑白矣

歌人度窗而望見菩提樹乃言曰摩訶末翁在是莫色下矣吾當歌以詠之遂以搖曳聲作歌曰

喃那泰該盧來

喃那泰該蒲來

烏凱拉

（譯言如是煙斗如是美婦皇帝所無也）

摩訶末既聞歌詞默然點其首此歌人所作以爲翁壽過客聞之遍傳波思尼亞詠摩訶末翁煙斗及其美婦者也

老人微咲視其煙斗有淡巴菰香气縷縷自中出紅泥爲斗狀作大馬色半開之紫微旃檀爲幹上銜黑色琥珀爲觜製作精妙爲世希有且此斗

昔為皇帝之贈摩訶末家世相傳授亦復至可寶貴也
全國中更無如是煙斗如是美婦如摩訶末者矣
去遠廬後不數武即摩訶末翁家也四周野色清佳窗幔半启見一美婦人少如曙色皎如朝陽雙眉深黑而中見微顰如惡眠焉
翁又徐點其首此其第七人矣前此諸婦並皆姝妙顧相繼萎謝婦死翁復擇郡中美人為室今也豈將更見萎謝如故婦耶
翁見眉間顰蹙又見婦伸手搴幃凝睇不瞬則搖其首少婦胡乃不樂玉食錦衣繞頸金珠數行婦則宜咲宜常咲耳
川畔菩提樹次少年亞菲支在焉奉珈菲進客又滌盃盞於清泉而目乃視窗幔後隱約見素手少年陡仰其首冠縷飛揚目中隱有咲影皓然見齒此非郡中美少年亞菲支耶

翁游目視二人又默然搖其首少年行樂顧胡不少待爲及爾時者彼且已上長途矣……翁垂首至匈斗中煙气漸息

已忽呼曰亞菲支少年聞呼驚起咲容頓斂色若變一躍過溪援梯就翁坐次執役惟謹取淡巴菰實斗中然之逮翁受斗銜口中少年即奔返狀如被逐復取珈菲之盞入溪水滌之

煙气勃勃出菩提樹葉間摩訶末翁之志償矣窗後美婦顰蹙去矣少年色亦轉莊矣摩訶末此時寧尚有志未償耶

歌人傍竈而坐方歌往事詠摩訶末少年時之德與美次及老人智力摩訶末有美婦佳地及其煙斗爲世希有

摩訶末又晏然視四周物色稻田艸野一望曼延艸木蕭蕭而動其後隔以小山上長松林襍以灌木目力所及皆爲翁有直至他日翁亦自歸山

邱○與先○民○波○古○密○爾○爲○伍○其石○椰○麗○然○半沒○叢○莽○中○如視○翁○高○臥○也○
翁居○都○中○即瓦○石○亦○逼○識○之○而叢○棘○作○牙○沿銀○色○小○溪○曲折○而○生○漸以○長○
大○翁亦○與○稔○矣○負版○小○蟲○徐行○道○上○或鳥○雀○飛○於○大○空○在翁○視○之○皆昔○日○
少○年○時○之○摯○友○也○
翁與○華○語○或與○風○語○華與○風○亦○返○應○之○共語○往○事○共時○遠○矣○在翁○猶○未○得○
見○此○物○色○之○美○時○也○
翁拜○上○帝○而所○拜○實○惟○自○然○嘗膜○拜○伏○地○法口○以○親○地○母○摩訶○末○翁○蓋○世○
哲○人○亦爲○桀○士○顧翁○心○中初未○知○世○有○哲○人○桀○士○也○翁自○爲○主○宰○更無○需○
法○故亦○不○懼○法○及末○日○至○便晏○然○臥○先○民○波○古○密○爾○之○側○寂聽○野○艸○私○語○
蕭蕭○作○聲○也○
翁所○實○者○獨其○煙○斗○第得○銜○口○中○死無○根○矣○後更○無○人○當得○用○此○者○

事今者末日信將至乎

翁悠然捋其白鬚歌人作摩訶末歌亦將就盡乃出己意作詩以續之今所歌者則歌不貞之婦與毒煙斗也

翁聞歌人新曲以死爲人生大難因作微哭自覺今日樂極願死且至今日煙味至旨婦目亦曜且四周物色又何美耶

稻田一帶作金黃色遠布其前平日野華發香滋澹而今日香气濃郁醉人斜陽的的射地如熛火也

摩訶末翁回首視日目光炯然空中白雲片片襯以蔚藍天色映作微紅

未幾日光徐下落兩山間矣

翁伸兩手向日如末日相見已復曰否否此非末次也及再自窀穸起時當復見汝亦有早春之華出自吾身更與汝相見也

斜陽既下而摩訶末翁之目亦闔

忽焉塔然作響烟斗脫翁手而墮落於溪中止少年足下遂碎世間更無他人得用此斗者矣

* * * *

爾時幔忽大启少婦倚窗而咲正如摩訶末翁所常欲見者也

（作人）

天使（部落記事）

波闌　顯克微支　著

盧比斯珂利一小邨中。嫠婦伽理克斯達葬後。繼以晚禱。禱已。有媼十餘人留禮拜堂。爲死者誦經。時過午四時。而冬日至短。莫色隨下。故堂中漸入陰闇。神壇尤甚。臺上僅然雙燭。火光搖動。惟龕前金色闌干與基督二足縣十字架上。隱約可見。足貫巨丁。丁頭煔煔有光。別有數燭方熄。煙气氤氳。瀰曼壇後。滿室作蠟气。階下有老人洒埽。又一僮子。則以屬布敷地。有時衆媼誦聲偶止。乃獨聞老人譙訶僮子。及室外瓦雀飢凍。撞窗作響而已。

媼坐門側板榻之上。其處尤闇。止然小燭數支。光極細弱。才足辨經上行列。又一燭近龕。龕立坐後。上繪罪人在烈火中。鬼伯環繞其側。更視次龕。則距燭少遠。圖不可見。媼不復諷誦。惟喃喃自語。狀如欲睡。屢述此言曰。

　大命將至時。聖母衛吾儕。

堂中百物陰闇。益以坐後神龕畫象。老媼面色黃皺。燭光如爲所厭。搖搖不定。景色慘澹怖人。人就此地以誦哀歌。滋適也。未幾。誦忽中輟。一媼起立。顫聲而呼曰。善哉聖母。衆則應聲和之曰。善哉善哉。第今爲伽理克斯達葬日。故每呼善哉聖母後。輒以是言作結束曰。幸神安其魂魄。賜之光明。迄於無極。

瑪利薩者。死者之女。亦偕媼坐板榻上。時則雪華如絮。飄蕩無聲。正掩其。母。新墳土。迹也。顧兒未及十歲。不知自哀。亦不知他人見之。哀當何如。其色。寧靖。目巨。而碧。意少驚異。启其口。凝眂。神龕。又覩。禮拜。堂。深處。繼復回。

首。視窗外瓦雀。坦然如無所思。時媼誦經。述大命將至時一句。已及十度。兒自揉其髮。髮編作雙辮。其細才如鼠尾。狀似罷困。第方視老人。亦忘其勸。老人起至堂中。持一巨綆。綆中央作結。端縣屋頂。搖之。為死者撞鐘。得生天也。顧老人為此。殊不自知。心蓋別有所念。鐘鳴。晚禱亦已。衆罷誦。各出就道。一媼牽瑪利薩。或問之曰。古理克。若將何以處此兒。古理克曰。吾將奈何。兒當往勒息靖支耳。伏契克·摩爾古拉行來逆取。顧若問是奚為者。媼曰。兒至勒息靖支將奈何。古理克曰。與在此等耳。且任兒自向來處去者。莊院中人或肯見收。許睡竈下耳。言次已氐酒家門外。莫色益深。天寒而定。大空多雲物。水气瀰曼。間以溼雪。水滴循簷而下。道上積雪。和以芻艸。是成泥濘。郙屋破陋。景色陰闇。如禮拜堂。間有鐙光出於窗隙。全郙皆靖。獨酒家有人鳴琴。以招飲客。蓋中方虛寂無人迹也。媼入室。飲伏特伽。古理克以半盞酒與瑪利薩曰。飲之。今者汝爲孤兒。將不復得佳日度矣。衆聞孤兒一言。復念伽理克斯達之死。一人乃曰。古理克。飲之。唉、彼病偏枯。至不能少動。長老未來。不及懺悔。遽已冷矣。古理克曰。吾曩曾告彼。謂無常已近。前禮拜過我時。吾語之曰。唉、不如以瑪利薩與莊院耳。彼乃曰。吾僅一女。擬不以與人。第漸亦愁苦。且毀泣。隨詣郵長處。理其簿冊。且賦五什洛提六格羅斯。曰、第吾不爲兒故惜此錢也。嗟夫。彼目乃長此貽視。逮死尤巨。人欲闔之不可得。人言彼死後猶視其遺兒也。衆曰。且飲酒半升以消此愁。琴聲。不。輟。嫗心。漸。柔。古理。克。則。耎。語。呼。之。曰。可憐。兒。可憐。兒。一嫗。忽。念。其。夫。死。時。狀。乃曰。彼垂。死。乃如。是。歎。息。唉、如是。歎。息。隨曳。其。聲。如。吟。與。樂。聲。相。應。終。曲。身。作。歌。曰。

彼歎。息。彼歎。息。彼。歎。息。

當日。彼。如。是。歎。息。

已忽。大。哭。出六。格。羅。斯。與。樂。人。復縱。飲。伏。特。伽。酒。古理。克。感。動。轉語。瑪。利。薩。曰。孤兒。識。之。昔長。老。言。雪。降。汝。母。墳。上。時。當有。耶。妙。爾。天使。臨。汝。頂。上。言至。是。頓。止。驚起。四。顧。復力。言。曰吾頭。方。言。耶。妙。爾。乃信。有。耶。妙。爾。來。也。衆聞。言。亦。信。之。瑪利。薩。則。晱。其。目。諦視。老。媼。古理。克。又。曰。汝今。爲。孤。兒。此事。甚。惡。第孤。兒。頭上。有。耶。妙。爾。彼則。善。也。今有。十。格。羅。斯。與。汝。汝即。徒。步。赴。勤。息。靖。支。亦必。能。至。彼當。衛。汝。耳。一媼。乃。歌。曰。

神翼。覆。汝。永爲。汝。衛。
汝在。翼。下。永得。安。居。

古理。克。曰。勿聲。復轉。身。語。兒。曰。癡兒。何物。在。汝。上。者。汝知。之。乎。兒作。細。聲。曰。耶妙。爾。古理。克。呼。曰。嗟夫。汝孤。兒。汝寶。果。上帝。之。小。蟲。誠一。耶。妙。爾。有翼。者。也。遂擬。兒。擁。之。匈。次。瑪利。薩。忽。哭。失。聲。不知。是。時。心。中。何。思。乃感。而。泣。也。

酒家主人已熟睡匱臺之後。燭作華如地蕈。樂人見媪狀。亦悉止奏。室中寂然。未幾。忽聞馬蹄聲起戶外。有人呼馬曰嘍。摩爾古拉入室。持鐙籠。隨置之。拍手取暖。旋呼曰。將酒半升來。古理克曰。摩爾古拉。汝毛栗。汝當將小兒往勸息靖支去。摩爾古拉曰。然、人令我來將小兒也。隨就媪視之曰。汝曹乃皆湛醉。如……古理克遮之曰。汝會當噤喉。吾詔汝善視此兒者愼之。彼今爲孤兒。何物在其上。愚夫。汝知之乎。摩爾古拉不能答。便他顧曰。汝曹……顧言忽止。取伏特伽飲之。皺其眉置盞言曰。此淸水也。可启他飲。更持半升來。侍者如命。摩爾古拉飮已。益皺眉呼曰。唉、汝無亞拉克酒乎。摩爾。古拉。時。亦。湛。醉。如。媪。而盧。比。斯。珂。利。莊。院。中。則主。人。方。爲。禨。志。

作宏文。題曰論土田主賣酒之權爲社會基本。顧摩爾古拉洪飲。初不關是。亦不知此小邨中賣酒者。蓋信土田主也。摩爾古拉聯飲五次。及起而忘其鐙籠。鐙中燭亦已熄。隨執睡兒手曰。汝夜馬行矣。媼皆醉臥屋角。無與瑪利薩語別者。今爲綜其全事。則止二語曰。其母已臥墓場。而兒則往勒息靖支耳。

伏契克偕兒出。登橇而坐。叱其馬。馬遂行。橇初走泥塗中。進甚笨滯。未幾至田間。皓然一白。橇行漸疾。惟聞馬蹄踐雪。簌簌有聲。馬時作噴。呼遠聞犬吠。行久之。伏契克策馬。捉鼻吟曰。狗耳朵。毋忘汝約。顧瞬息已默。點其首。首左右搖。夢在勒息靖支。失書牘一篋。人力毆其肩。時或半醒。喃喃而語。瑪利薩寒不能寐。惟張目視白色田野。而摩爾古拉搖其身。屢障之。瑪利薩自思。知母已死。且恍忽覩其面。脫瘦慘白。而眙其目。復知此面已所。摯。愛。而今。已。去。此。世。即往。勤。息。婧。支。亦不。可。見。前在。郁。中。身見。爲。黃。土。掩。之。矣。兒念。及。此。當憂。而。啼。顧是。時。兩。足。皆。凍遂畏。寒。而。泣。

是日非降嚴霜。顧气甚寒冽。如雪解時恆狀。伏契克飲酒。腹中飽暖矣。盧比斯珂利土田主論中有言曰。冬日飲伏特伽。能令人盈熱。鄉人惟一之慰藉也。今若奪土田主之權。令弗得慰藉鄉人。是即禁其以化及民也。是語。極。當。時伏。契。克。既。得。慰。藉。乃了。無。所。苦。未幾。橇入林中。道路雖佳。而馬則緩其步。繼忽斜行。橇遇坎遂覆。摩爾古拉醒。然無所知。瑪利薩推而呼之曰。伏契克。摩爾古拉曰。汝嗚胡爲者。瑪利薩曰。橇覆矣。摩爾古拉曰。一杯乎。言次復寐。兒坐橇側。力縮其身以禦寒。顧面已凍。乃復推睡人。呼之曰。伏契克。摩爾古拉不應。瑪利薩曰。伏契克。吾將往屋中去。已而曰。伏契克。吾徒步往矣。

少頃兒遂行似覺勸息靖支距不甚遙且識其道蓋每遇禮拜恆隨母就寺祈禱第今獨行已耳時方融雪而林下積雪猶深幸夜气澄明雲光下照益以雪影道路瞭然可見不殊白晝兒遙望長林則木株命囷後映白雪株株可數又見樹頂疊雪聳出林表一切寥寂兒意甚寧枝頭凍雪微融水滴注葉上作小響此外更無聲息惟滿林皓白深默如喑朔風絕吹樹枝垂垂不少動萬物皆睡如入冬蟄一似深林雪野與天半白雲結爲一物皎潔淒清無生气也蓋解雪時光恆作此狀在此百靖中則惟瑪利薩一人爲有生之物蠕蠕而動如一黑點大哉慈祥之林枝頭滴水殆即爲孤兒下淚而大樹扶疎覆兒頂上亦如賜之哀憐焉時兒遂行伶仃小弱深夜走積雪荒林中乃坦然徑往如知前路之光明也

夜色清徹若陰爲之訶護者以孤露之兒舉世無助而至任天以行其事

良可念矣是中禍福在神意耳兒行久久力漸不能堪其靴巨且重每步足輒上下其間且陷雪中殊不易拔手亦痳木一手握古理克所與十格羅斯凍且僵矣兒懼錢墜因力握不釋途中或立而大号忽復頓止似察有無聞之者然、獨有深林聞之耳水滴陸續聲頗淒苦此他或有聞之者未可知也兒行漸徐將失道耶顧何至是遙望前路若玉帶然兩旁樹木陰森相映愈益明晰而兒勌極欲睡不復可支

瑪利薩趨坐道周樹下目睫下掩恍忽思其亡母母自墓場循雪路而至顧實無人又少頃。復似人至此誰氏耶必耶妙爾矣媼古理克不嘗見告謂頂有耶妙爾在耶瑪利薩知耶妙爾狀昔曾見諸母氏茅舍中圖畫持盾而有翼者也彼今至矣林中雨聲益厲此殆天使羽翼拂冰雪下耳止、今信有人至矣踐雪有聲聲雖微而聞之了了足音簌簌自遠而近兒張

其睡眼晏然問曰來者誰耶

有物貽目視小兒面三角而褐色聳其雙耳……獰醜怖人也

（作人）

鐙臺守

波蘭 顯克微支 著

一

一日。巴奈馬左近亞斯賓華爾鐙臺守者忽失踪迹。時方暴風雨。因疑行小島水次。爲浪所卷也。及次日。山隈所繫小舟亦杳。說乃益信。守者之職遂闕。當急補之。蓋地方交通與航船之自紐約趣巴奈馬者。咸恃鐙臺而鬐子灣。復多沙磧礁石。白日行舟。猶懼不易逮。入莫則地處熱帶。海水爲烈日所烝。恆起濃霧。幾不能行。爾時爲舟作向導者。惟此鐙臺而已。是事當由巴奈馬之美國領事招人承其乏。顧爲事滋難。一當在十二時內得其人。次則人必誠信。不能率爾受之。終則後繼者殊尠其人也。臺上生涯。殊不易度。如南方之民。喜慵惰而樂游放者。所不願居。其爲狀殆如四人。非禮拜日不能去荒島一步。每日有小舟自亞斯賓華爾來。致糧食淸水。已復遄返。全島大可數畝。上無居人。守者即住鐙臺中治其事。晝懸五色之旗以示天候。夜則然鐙。顧尤難者。爲至臺顚必攀躋石級四百。皆至險峻。一日中或數往返焉。綜言之。此蓋爲比丘生活。抑更有進。則非隱逸之士。不能任也。故領事伊薩法庚勃列奇深以得人爲憂。已忽聞有人自薦云。願承其事。乃大喜。其人已老。年踰七十。而顏色壯健。舉止如武士。毛髮皓白色微黑。如克羅爾人。特二目深碧。因知非南方產。顏色哀慘。而狀至誠信。領事一見悅之。惟嘗問其身世。遂曰。汝何自來。老人曰。余波蘭人也。曰、爾來焉在。且治何事。老人曰。東西莫有定止。曰、第鐙臺守者。需常住耳。

老人。曰。余固。需。休。止。也。曰、汝曾仕耶。寧有券契否。老人探匈前出褪色絹片。狀若舊旗。展之曰。此吾券契也。一千八百三十年受此十字勳章。次爲西班牙物。得諸查理黨之戰。第三得之法國。第四得之匈加利。爾後復在美國與南軍戰、顧是役無勳章。領事取紙誦之曰。思凱、開斯丌。君名耶。短兵、相。接。獲旗。二。旗汝勇士。也。老人。曰。余今能爲。鐙。臺。良。守。曰、第每。日。然、鐙。當數。上。下。汝足。健。耶。老人。曰。余方。徒。步。過。平。原。來。（原註。人稱美州東部與加螢福尼間艸磧曰平原。）曰、汝習。海。事。乎。老人。曰。余曾。居。捕。鯨。船。者。三。年。曰、君乃。遍。嘗。職。事。老人。曰。所未。知。者。獨寧。靖。耳。曰、何也。老人。聳。肩。曰。命也。曰、然君爲鐙臺守者。懼泰老矣。老人神情激越。大聲言曰。明公。余久於飄泊。己不勝勸。遍嘗世事。如公所知也。今日之事。實亦畢生志願之一。余老矣。欲得休止。心自語曰。若當留此。此汝安泊之地矣。今此事可否。惟在明公。倘待異日。當無如是機緣。而余又適在巴奈馬。豈非幸耶。今敢請明公。……余如。孤。舟。苟不。得。泊。行且。淪。沒。明公。倘。憐。老。人。睨之。安。樂。……吾當。誓。之。用明。誠。信。……且吾。蕩。搖。轉。徙。亦已。久。矣。時碧眼湛然。情見於色。領事亦善人。甚感其言。乃曰。善、吾納君。君爲鐙臺守者矣。老人色大喜。曰、敬謝明公。領事曰。君今日能赴鐙臺乎。老人曰。能之。曰、然則屬君珍重。第猶有一言奉白。即倘有差忒。君當解職也。老人應曰。諾、

是日。之。夕。太陽。入。地。暘光。立。隱。無。復。餘。明。臺上。鐙。光。燦。然。照臨。水。面。人知。守。者。已。就。其。職。矣。中夜。寂。靖。如熱。帶。景。色。空。間。霧。气。瀰。曼。繞月。作。大。環狀若。虹。霓。海水。微。動。蓋潮。生。也。思凱。聞。斯。兀。立。回。廊。之。上。望之。僅。如。黑。子。方欲。集。其。思。慮。納此。新。生。而。匈。肊。中。萬。感。交。集。陵亂。無。緒。爾時。心。情。惟。似。困獸。突。圍。得山。穴。自。匿。人迹。所不。能。及。也。今者。寧。靖。之。期。竟。至。魂魄。皆。安。索

居。小。島。回念。前。此。飄。流。憂。患。直可。付。諸。一。咲。蓋老。人。一。生。有如。飄。舟。帆檣。緪。索。悉爲。迅。風。所。折。湛諸。海。底。洪濤。撼。舷。浪。華。噴。薄。而扁。舟。猶。曲。折。前。進。得其。灣。港。顧自。今。而。後。則瞻。望。前。路。平安。萬。里。昔日。風。暴。雖。惡。亦警。然。徑。過。不復。爲。念。矣。老人見領事時。雖約略自述往事。顧此他猶有千百牢愁。未爲人語也。蓋身世飄零。所如不遇。苟至一地。支穹廬。設鑪火。將謀永住。則有天風拔帳。吹炬滅之。使入滅亡之區。今立臺上。俛瞰海波。舊迹因陳。悉上其肊。少時轉戰四方。又當流蕩。遍執百業。以其精勤誠信。數積金貲。顧得輒復失。雖百方慎備。卒無所救。昔在澳州爲金山礦工。次掘寶石於斐州。次復居西印度。受庸爲走卒。又嘗在加釐福尼立一牧場。而旱乾無水艸。遂敗。又與巴西土人貿易。而載貨之筏。湛於亞摩宋。僅以身免。衣履破碎。手無寸兵。旁皇荒林中月餘。拾木實爲食。幾死於猛獸之口者屢矣。

爾後復在亞堪薩斯省之海倫那立治廠。顧未幾大火。全鎮皆盡。廠亦燬焉。既而在落機山爲印第安人所囚。幸遇加奈陀獵人。始得脫。次復爲商船水手。往來巴希亞與波爾陀間。次入刺鯨船爲漁師。而兩舟悉壞。又在哈伐那立烟艸廠。中疫臥病。其貲悉爲同人所奪。終乃至亞斯賓華爾流轉之事。其將畢乎。今以孤身居荒島。孰則更來相擾耶。水火與人。皆不能及矣。第思凱閭斯丌一生。亦未嘗受人殊苦。蓋以曩所邂逅。雖有惡者。而尙多善人也。

思凱閭斯丌自思。乃似無形之中。天地四大。悉其仇對。凡故舊相識。無不言老人命蹇。且執此推解萬事。老人亦偏守此見。深信冥冥中若有巨手。日見迫逐。不能逭遯。顧平日不樂言此。惟有人問以此手何來。則指北斗而答曰。自此來也。計其平生失意事。多可驚異。使常人遇此。將不能堪久且死矣顧思凱開斯丌稟性堅忍如印第安人且意志剛強力善抗距嘗在甸加利以不肯援人馬鞍及卑詞乞宥而甘受鋒刃今遘憂患亦不爲屈如登高山攀援而上有若螻蟻雖顛越及百次猶復前進爲一百一次之舉也是人具此毅力爲世希有顧生遭患難鍛鍊椎治不知經數十次而老兵之心尚如嬰兒古巴大疫時自藏金雞納霜甚多則盡以與人不留一粒而已亦因之病矣

且此他猶有特性則爲幾經失意猶復深信將來不遽斷望也冬時意气漸盛豫言將來大事輒翹企待其至懷念不望盡此長夏顧寒冬一去繼以他年思凱開斯丌一事無成而首已白矣既而年漸老意气亦衰昔日堅忍之性日益轉爲頹唐且多懷感於是百鍊之老兵至今日亦觸景傷情無端涕泣矣且或偶有感觸輒懷故國人亦爲之憔悴如見歸燕及禍

色小雀山椒積雪或聞哀歌者生是感終則惟一念據其心即休止之望是已老人懷之甚摯蓋奪他念游子無家飄流既久因念得片隅休息靖以待蓋則天下已無他物珍重可念踰於此事者矣且又爲命運所驅奔馳大地不遑呼吸則遂謂人世福祉惟在獲其休止不復飄流已耳顧以實言此區區之福天或無所靳於老人而彼習於失意則心冀安居正如常人大希事出非分不敢望也今不意在十二時中得其棲息似有人就世間百業中故選此以相處者故是日之夕然鐙既已乃芒然凝視蓋方自問夢所見洵誠而心未敢遽應曰是也第事實昭然不容疑二時光漸過而老人尚立臺上注視久久乃自信矣俛瞰海水有若初覯鐙光熒熒映波黎下射水面作三角形其外窅然深黑目力所不能入森森然莫測其極顧空冥似自遠而近波濤洶洶出於暗中直奔臺趾澎湃作聲浪華

已。見。映鐙。光。作。紅。色。潮水。漸。長。沙礁。皆。沒。時聞。海。上。有。聲。漸益。朗。徹。初如。銃。器。陸。鳴。或如。飄。風。振。木。或作。微。響。如人。遙。語。已而。都。寂。老人聽。之。疑。聞。太。息。鳴咽。繼。之。於是。轟。然。復。作。如怒。号。也。未幾。風。起。薄霧。皆。散。有黑。雲。片。片。止。於。天。半。明月。爲。隱。又少。頃。西風。漸。烈。海波。屹。立。進擊。巖足。泡沫。上。飛。空中。遙。聞。呼。聲。風暴。將。作。海上。隱。約。見。碧。色。光。蓋行。舟。檣。上。鐙。火。也。火光。上。下。不。定。或左。右。傾。側。思凱。聞。斯。丌。入。室。風暴。已。起。舟中。人。方。與。昏。夜。洪。濤。爭。命。而崇。臺。寂。寥。即風。波。之。音。且不。能。穿。重。垣。而。入。惟有。壁。上。縣。鐘。輪聲。札。札。送老。人。漸。入。洪。睡。而。已。

二

積時成日。積日成旬。歲月逝矣。如老。於。航。海。者。言。値風。暴。時。中夜。暗。黑。恆聞海上有聲呼人姓名使大海能言來相呼喚則人當垂老冥冥中猶有他聲神秘幽玄來見召也若其人既勸人間乃聞此呼聲怡悅尤至顧必先入靖定始能聞之且人在莫年多樂韜晦如豫期其窀穸者今思凱聞思乃索居鐙臺已不啻半入丘墓遍察人間殆無枯寂生涯更過鐙臺守者矣使少年任此不日且逃故守者大氐老人又陰鬱避世有時去島更入人叢輒芒然獨步如睡初覺人事繁賾感觸所及善能化人令與世適合而臺上無是也凡其所見皆浩然梱然不存圭角水天二大覆載上下人處其間煢煢孤立爾時心中動作獨有覃思更無外物能破其寂即每日執事亦不爲擾生涯日日相似如數珠在串惟天气陰晴少爲之變化而已顧思凱聞斯乃悅之其福爲未曾有黎明而起飯後拭鐙側波黎潔之隨坐臺上遠眺海景雖每日見此第亦不厭海水碧色上有白帆數群

受風滿張映以朝日其光的然至目睛爲奪亦有估舟乘貿易風而前一
一相尾如鷗鳥群飛水面浮標赤色隨微波上下及午後則有蒼烟一縷
狀如鳥羽起於帆影間此紐約航船載過客行貨至亞斯賓華爾者也舟
後泡沫沸騰成一島道思凱聞斯丌轉身西望則見亞斯賓華爾全市步
頭帆檣林立有木架庋舟歷歷如在掌上而臺顛高絕下視人家大才如
鷗鳥之巢舟如甲蟲人行白石道上狀如黑子侵晨東風微起直送闤闠
人聲至於海上間以汽笛已而入夕岸上動作漸止海鷗匿身巖穴水波
漸弱如小勧水濱海面及鐙臺中一時皆寂波退沙灘復露點點作黃金
色崇臺聳立上襯碧空瞭然可見夕照斜注籠罩海面及沙灘崖石之上
時老人微憊其意至愉覺今茲所得安息美絕無倫第使此樂能長則百
事皆足無遺憾矣

老人身受此福○心爲之醉○凡人○涉○境○佳○其情○輒○與○俱○化○故爾○時○信○仰○希○望○亦漸○來○歸○思世多建夏屋以庇病夫○則天帝亦豈不憐游子而收之乎○歷時既久○信亦益深○且安於孤獨○與明鐙巖礁○咸相稔習○而鷗鳥軒翥○巢於石穴○薄莫則會臺頂○老人亦識之矣○飯有餘餕○便以飼鷗○鷗日馴擾○每分食○白羽紛然競下○圍繞老人○老人與鷗友善○猶牧者之於羊群也○逮潮水下○便至沙磧掇拾蛤蚌○其味甚旨○亦有珠貝乘潮而至○留置沙上者○夜中○或乘月明就臺下捕魚○魚聚石厈曲處○數以萬計○久之遂摯愛其小島○島上無喬木○惟小樹叢生○樹脂外泌○顧地○雖○荒○蕪○而遠○景○滋○美○足補○其○闕○卓午○而○後○顥气○澄○徹○則見○地○的○蚺○木○茂○密○椰樹○巴○且○之○屬○差牙○相○交○燦如○錦○繡○映亞○斯○賓○華○爾○之○背○望之○如○名○園○其後○更○有○大○林○介亞○斯○賓○華○爾、巴○奈○馬○間○卉木○之○气○烝爲○紅○色○薄○霧○朝夕○不○散○地積○死○水○林中○藤○蔓○交○加○巨○藺○

椶櫚鐵樹乳木膠樹豐茂其間時作潮音蓋熱帶森林之特景也

老人出遠鏡眺望乃非特見林中樹木與巴且闊葉且覩猿狖鸛鶴亦有鸚鵡群飛其狀若虹霓思凱閩斯丌善知森林情狀蓋亞摩宋覆舟後旁皇林莽間者數旬故知此林雖美而中函殺機前此野宿時嘗聞猿狖哀鳴黑虎怒号聲在耳畔又見巴蛇纒樹上如藤蔓又知是地湖水淒寂箭魚巨鱷游行水次荒林未闢一葉之大過於十人巨蟊木蛭蜘蛛有毒所在曼衍而人處其中爲狀何如則嘗涉歷其境目擊而身嘗之今得據高望遠賞其物色而不及於禍樂又奚極老人居鐙臺中萬物莫能至惟禮拜日始一去此彼守者藍色長衣上著銀結匈前縣十字章入聖寺時克羅爾人輒相私語曰吾儕得鐙臺守者彼雖揚丌(美國人別偁)而非外道也老人聞之喜舉其皓首顧彌撒方終即返故鳥蓋猶未敢信大陸也禮

拜日入市購西班牙報章或詣領事假紐約通報歸而讀之索歐州消息雖東西間隔獨處鐙臺而心乃日日念其故鄉又或遇約翰孫爲致糧食便下與言談顧未幾忽漸避人不復入市讀報亦不就約翰孫共談政事如是者可數旬弗視其人惟食物置戶次至次日而空薄莫鐙光即見如朝日上山未嘗或爽因知守者尚生而已當是時老人之心已漸謝此世第亦非懷歸之故蓋即眷懷故國之情且轉爲聽天任命入於頹唐其居島上則自有天地與之始終心常念慮非沒世不去此島矣此他外物咸不相知而宗信乃入神祕碧瞳湛然眙視如嬰兒望遠四周景物皆宏大單純人與之對亦至自失似非更在人間以與外境合體若問此他何有則嗒然無復會解惟無意中有所感覺而已既而彷彿若水天巖石鐙臺金色沙灘風帆海鷗與潮水上下合爲一心靈祕莫測己身即淪陷其中

心自有生還入酣睡老人隨之湛沕嫗煦就眠終至自忘身世渾茫恍忽罔覺乃於是中得其安息幸福無疆有若半死也

三

雖然寤覺之期乃終至矣

一日小舟來爲送食物淸水越一時老人降臺乃見旁有包裹上黏美國郵券粗布裹之書曰奉思凱聞斯丌•邊斯奎爾愕然剖視則書也略展其一旋置之而兩手已顫隨掩其目疑在夢寐其書皆波蘭文則何故耶又孰寄此者耶蓋老人已忘前事矣曩者初至鐙臺每自領事假得報章歸而披讀見有波蘭人結社於紐約因贈以月俸之半以自居孤島無所用也社受金報以書籍事本極常而老人思不及此則索居亞斯賓華爾鐙

臺而得波闌文典冊。事乃至奇。近於神異。正如舟人在深夜中聞聲呼其名氏。其聲至親至愛而相忘又已久也。遂閉目枯坐。良久不動。似自信更一启目。則夢幻或當去矣。

包裹既剖。赫然在前。日光的的照其上。有書半启。老人伸手欲更取之。萬有寂寥。自聞心躍。視其書。乃詩集也。卷面大書書目。端題撰者其名。見之至稔。蓋波闌大詩人(按此指密克微支)之名耳。一千八百三十年流寓巴黎。曾讀其著作。爾後從軍亞爾格勒及西班牙。聞國人傳說。聲名益盛。惟身在戎行。不遑吟誦。迨一千八百四十九年至美州。歷受諸難。未嘗一遇國人。波闌書籍。更無論矣。老人隨鄭重启書。心動益劇。似有莊嚴法事。將起於荒巖。時適大寂。亞斯賓華爾之鐘。方報五時。長空絕無雲气。惟鷗鳥三五。飛度中天。大海靖定如眠。水波則切切作私語。徐上沙磧。遙見亞斯

賓華爾白色人家及櫻欄之林皆莞爾而咲爾時崇高靖肅莫可方物天地寥寂而忽聞老人顫聲高吟如使自聞其詩俾之善解意旨者曰

余故園烈忒跋兮猗爾其若康豫也
彼康豫之爲大祥兮顧非鬱轖者不之悟也
覽汝美又何無倫比兮繁飾紛其備具也
託毫素而陳詞兮惟余心之汝慕也

誦至此聲忽中絕似文字皆滕擲而前句中有物若破又漸上涌類乎波濤扼其喉聲爲之塞少頃乃略自鎮更誦曰

神后具能智兮鶱多跋賴以允臧
曜大明於阿思託羅波羅摩兮猗赫赫其暉光
相下民之貞信兮守諸華洛兒之舊疆

昔余母隕涕其淋浪兮余則瞏枯目以視昊天

感大神之重竺以生兮仰帝閽而趨前

惟爾昔旣歸余以康豫兮｜

又胡不垂威靈以返我於故鄉也。

是時心事波起不能自制遂竪泣自投於地白髮皤然與黃沙相襍念離別故園幾四十祀且不聞方言者亦不知幾何年矣今乃自來相就超大海而得諸天涯獨處之中美哉可念哉故國之言文也然老人雖泣失聲而不因於苦痛惟舊愛重生重逾萬有因至是耳時則嗚咽陳情乞宥於所愛思前此非敢相忘特以年垂大耋又託體荒巖習於孤獨即懷慕之心且漸消磨矣不圖今日乃忽來歸若見靈異也而其心房搏動於是亦突突不能止

光景逝矣顧老人臥未起白鷗飛鳴臺顚似深爲老友驚疑者且分食之時亦至矣則有數鷗翔集其側已而益多皆盤舞頂上且鼓其翼老人聞聲而覺号泣既足顏色極莊惟目光淡然有異取食盡以飼鷗鷗大叫爭食老人則復取書時斜日已至巴奈馬林間漸漸入地惟額的闌海上光明未消室外尚能辨物遂更誦曰

傍林皋而依綠野兮

導神魂以翺翔也

已而莫色陡下疾如轉瞬文字不可見矣老人枕首石上闔其目詩中神后則已致其心魂於故園禾黍油油野色無邊也天半猶有采雲色作絳或如黃金老人之心乃正乘此雲而歸故國耳際聞松林搖動有聲流水淙淙如人私語舊鄉風物一一如前似咸來問訊曰汝記之乎然彼記

之也甫田曠遠間以郁落樹林歷歷如見時已黃昏臺上鐙光當照海面而守者已在故鄉矣老人垂首至胸漸入夢幻境地迷離倏過其目彼不見其老屋已毀於燹火矣亦不見其父母已訣於兒時矣惟郁落依然宛如乍別耳茅舍櫛比窗隙皆屚鐙光有小阜水磨及二池塘左右相對池中蛙蛤和鳴徹夜不歇昔嘗夜作斥候於郁中舊日情景朦朧復見時則仍爲騎兵職司守望遙覷酒家老人肩勘眼視之且聞室內歌呼如雷間以胡琴空疾與夜色糊合騎兵馬蹄擊石生火老人據鞍危坐肢體甚勘已而夜漸闌窗內鐙光皆滅空中起薄靄不復辨物少頃霧气作於野間包圍大地狀如白雲人或言此景甚類大海然實田野耳未幾將聞秧雞叫暗中蘆葦叢裏白鷺亦唳夜气靖而凉蓋波闌之夜也遠處松林無風日響聲如波濤曙色已至東方將白矣時聞籬後鷄啼茅舍鷄聲遙一一

相應天半偶有鳴鶴騎兵心神爽然或有言明日之戰者此則吶喊搖旗而前耳少年熱血雖為夜气所凉猶潮涌如戰角也時已黎明夜色漸澹林木叢莽茅廬水磨及白楊數樹依稀皆見井輪轆轤作聲可愛哉故國在絳色朝暾中其美何極可愛哉此故國也

百物寂靖老人遂聞足音橐橐然此無他必代為斥候者耳顧俄乃有聲作於頭上曰翁趣起若何事耶老人張目驚視來者夢迹迷離未去已而爽然則見守港者約翰孫立其前且問之曰何如病耶老人曰否約翰孫曰昨乃末點鐙火當去此矣有舟來自聖該羅諾已閣灘上惟幸無死者否則翁當聽鞫矣今且借我下舟餘事會得之領事館耳老人失色昨夜蓋信未點鐙火也

越二三日有航船自亞斯賓華爾赴紐約思凱聞斯丌在焉今者已失其

業且復上飄流之道矣秋風振籜送之沈浮遍歷大地將逮快意而後止耳此數日間老人顏色頓衰腰脊亦曲而目光炯然今登長途百無所有惟懷中尚留一書時拊以手似恐即此一物亦或見奪而不能長保也

（作人）

四日

俄國 迦爾洵 著

吾輩趨經大野銃丸雨集有聲樹枝爲動復入棘林宛延而進吾今茲猶記之也射益烈天垂時起赤光隱見無定處什陀洛夫者少年軍人第一中隊屬也—時吾自念彼胡爲妄入此戰線耶—陡仆於地默不聲張目厲視吾面血溢於口如涌泉是誠然吾今猶記之確也且又記之當大野盡處叢棘之中吾乃見……彼彼巨而壯突厥人也顧吾直奔之雖吾弱且瘠乎有聲霍然似有物爾許大飛經吾側而去耳爲之鳴吾自念曰彼射我矣而彼遽大呼急退走入叢棘使繞道以出棘林易易耳顧驚怖時乃思慮不能及此其衣鉤於棘枝吾一擊墮其銃次擧銃端利矛力刺之

似中其身似聞呻吟聲吾遂奔而之他吾軍大呼—或仆或射吾去野入田間時則亦引機射一二次俄復大呼其聲加厲吾輩皆疾走顧此不能曰吾輩當曰我軍也所以者何緣吾獨止於此耳異哉惟尤異者乃覺一切頓失如一切吶喊一切銃聲莫不寂然吾無所聞第見少許蒼蒼者殆天也已而即此亦杳矣

* * *

異境如是昔未嘗遇也吾似伏地臥當吾前者有土一小片艸數莖為去歲槁幹有蟻緣其一蠕蠕而行厥首向下—目前全世界如是而已且能視者又止一目其一乃有堅物阻之物蓋枝柯下障吾首而首又加於枝狀至不適吾欲動然又不能胡為不能耶而如是者久之吾第聞阜螽振羽及蜜蠭嚶鳴合此更無他事終而奮力自曳右手出於身下乃幷兩手

抵地思跽而興
有銳而速者——若電光然——驟徹於全身自膝至匈匈而至首——吾復仆
遂復惘然遂復無覺

*　*　*　*

吾覺矣乃又胡以見星見此燦然於勃爾格利亞蔚藍天宇者耶詎吾非在穹廬中且見棄於衆者又何耶時自動其身乃驟覺劇痛發於足然夫吾傷於戰矣惟創之輕重奈何耶漸伸手撫痛處則右足滿以血汙如左足焉且手之所觸痛乃加劇其爲痛如——齲齒繇繇無止徹於心曲耳大鳴首亦岑岑然知兩足皆創矣第衆置我於此者曷故詎已見敗於突厥耶吾回念之初殊恍忽纔乃瞭然終知我軍不北緣吾仆——吾不知此惟記衆趨進而青色物猶留我目前已耳——甫田中在小丘之上大隊

長則指之大呼曰兒郎吾輩得此矣於是據甫田然則我軍固未敗也——顧衆胡不將我俱去耶原田坦蕩無物障其眼界且敵軍射極烈傷者當不止吾一人也盍且舉首一審視乎今滋適矣蓋前此更生見弁墜及到行蟻子時曾迸力欲起纔乃仰仆故今者亦見明星也

吾欲起而坐地。然兩足皆創。綦難也。勉強久之。漸乃得坐。負痛甚。淚滿於目矣。

臨吾上者有蒼天一角天半見一巨星燦然作光益以小星三四四周何有為闇為高此棘叢也吾臥棘林中衆遺我矣

時覺毛髮森然皆立。雖然。吾負傷於田。今何緣忽在叢薄中耶。意者受丸而後。因痛失神。遂自狂走入此與。惟今且不能少動其身。昔何能奔逸而至。乃思之殊不可解。是殆初僅一創。比至。始復受其一耳。

地面處處生白朗而微紅巨星之光漸闇小者皆隱月上矣嗟夫倘在故鄉其佳勝當何如……

有異聲至吾耳際如人呻吟誠然此呻吟聲也豈不遠有傷人見棄其足糜爛抑銃丸入於腹耶唯否否其聲至邇而吾側復無他人汝嗚呼天乎此我也吾之微吟吾之哀鳴也寧痛劇乃至於此乎然痛固也惟吾惱若籠於霧若厭以鉛故遂亦無覺今良不如寐耳寐哉寐哉……第使終古不復覺者奈何然此亦何懼爲

吾就臥則月色蒼涼朗照四近相距不五步有巨物橫陳黝然而黑月光所照處處爛有光輝殆衣結或兵刃也此其死骸抑傷人耶

皆同耳吾則且寐……

否否此何能者吾軍未去逐突厥遯矣今方守伺於此然胡爲無人語聲

或篝火爆烈聲耶。必吾疲斂既極。不之聞耳。願吾軍乃實在是。曰、援我！援我！其聲野且嘶。突吾何而出。顧無人聲爲之對。僅有反響。發於夜氣。其他寂然。獨蛩吟如故。及滿月在天。淒然臨我已耳。使臥者而爲傷人。當聞吾聲而覺矣。然則屍也。特不知其爲火伴。抑突厥人耳。喘、爲讐爲友。在今茲不皆同耶……而吾浮腫之目。時已漸合於瞑臥矣。

* * * *

吾雖早覺。然尚躺臥。闔其目。吾殊不欲張也。目雖闔。日光猶穿眶而入。比启。則受刺不可堪矣。且臥而不動。於我亦良適……昨日——吾思殆昨日也。——負傷。至今一日已過。第二日且繼之。——吾當死矣。凡事皆同。不如弗動勝。人當弗動其身。尤善則弗動其腦。然不可得也。記念思惟。交錯於內。

第此亦至暫矣。不久將終。僅留數行字於新報中曰。吾軍損失極匙。傷者若干。一年志願兵伊凡諾夫戰死。否、不然。報紙且不舉氏姓。第約略言之曰死者——一人已耳。兵一人。猶彼犬也。

時吾神思中。則全圖昭然皆見。蓋昔日事矣。——所謂昔者不止此。在吾一生中、當吾足未見創前。皆昔日事矣。——吾嘗見衆聚於市。遂延佇審視之。衆乃默立。目注一白色物。方流血哀鳴。狀至可憫。小犬也。轢於車輪。已垂死如吾今日。乃忽有執事者排衆入。擾其領。提之他去。衆則亦鳥獸散。今者孰提我去諸此乎。嗟夫。野死而已。……人生。亦。奇。觚。哉。……昔之。日。——即小犬遭禍之日也。——吾生。多。福。消。搖。以。游。爲狀。如。酩。酊。第此。亦。有。其。所。由。然。也。——嗟汝。古。歡。其毋。苦。我。且趣。離。我。矣。——昔日。之。福。今。日。之。苦。……若固。不。可。逃。特願。不。見。窘。於。懷。舊。與往。日。相。讎。比。耳。嗚呼。憂乎。憂乎。汝困。

人良甚於創哉

今熱矣日乃如炙也吾肩目見同此叢薄同此高天特在晝耳而鄰人亦依然在是突厥人屍也軀體又何偉哉吾識之斯人耳……

見殺於我者今橫吾前吾殺之何爲者耶

斯人浴血死定命又何必驅而致之此乎且何人哉彼殆亦——如我——有老母與每當夕日西匿則出坐茅屋之前翹首朔方以望其愛子其心血其凭依與奉養者之來歸也

而吾何如者皆同耳……然吾甚羨之斯人幸哉其耳無聞其傷無痛不嚙哀不苦癥……利矛直貫其心……在是——穴在戎衣大而黝然四周滿以碧血——此吾業也

然此豈亦吾願與當吾出征不懷惡念亦無戕人之心惟知吾當以匈肊

爲飛丸之臬則遂出而受射已耳

而今又何如者咄、愚人愚人——然哀哉此弗羅——斯人蓋衣埃及戎衣者——不較我尤無罪耶有人令之則如青魚入筌以汽船送之君士但丁堡爲俄羅斯爲勃爾格利亞兩未有所前聞也人復令之行則遂行使其不爾則輕亦鞭箠甚或有巴依之銃引火射其匈者矣於是苦辛悠遠自君士但丁堡從軍以至盧司曲克我軍進攻彼則守禦比見吾曹健兒雖當英國特製之庇波地或馬梯尼銃亦坦然徑前乃始恟懼思退走此瞬息中又不圖突來一小丈夫平日僅揮黑拳擊之可踣耳而今乃舉利刃刺其心

則是人究何罪耶

殺斯人者我然吾亦何罪乎吾何罪……澂乃苦我至於此耶噭也人亦

知潋之爲事奈何耶雖昔日過羅馬尼亞時酷熱至四十度日行五十威爾斯忒甚潋不若此也吁、安得有人至乎天乎彼人軍持中不有水耶惟必就而取之不知痛當如何耳咄、同也吾進矣

吾匍匐前曳足於後兩手失力才足動垂僵之軀屍距我不及二克拉式佗而自吾視之乃多——不然非多也勞於十二威爾斯忒也顧亦當勉之

咽且焦矣如發烈火汝即失水且死耳雖然萬一……

吾匍匐前二足爲地所泥每動輒作大痛爲之号叫爲之呻吟而匍匐前不止今終至矣軍持在斯……其中有水——水若干似且越軍持之半也猗、水足用矣——以至於死

吾曰施主汝救我矣……則以肘支體解其軍持重心失遂仆吾面適觸

救主之飼。屍气已撲鼻矣。

吾得水狂飲之。水雖盈。然尚不腐。且甚多也。可支數日。吾昔讀生理易解記書中有言曰。人苟飲水。則雖無食亦能活踰七日以上。次復舉事實爲證。謂嘗有人絕粒圖自殺。顧久之不死。卽以不廢飲也云。

咄、復次奈何使更活五日｜六日者其後奈何吾軍已行勃爾格利亞人亦遯左近又非達道終亦死而已矣惟二晝夜瀕死之苦今則易以七日殆不如自殊勝耳鄰人之側有銃在地頗似英倫良品僅勞一舉手｜諸事畢矣且銃丸亦纍纍滿地似當日用未盡也

要而論之吾寧自決抑且｜待耶何也待救抑待死與且待待突厥來更槪吾足負傷之革耶則良不如自……

不然人何當自失其勇气在理宜力圖活以至終也有見我者吾卽得救

矣。吾骨。或。無。損。受治。當。瘥。於是。乃。復。見。故。鄉。復見。吾。母。復見。瑪。隆。……

嗟、幸毋。令。彼。知。實。事。矣幸告。之。曰。即。死。假使。知。其。實。知吾。受。殊。苦。歷。二。日。

三。日。以。至。四。日。者。……

吾目忽眩。鄰右之游。脊力悉竭矣。復有異气。色亦漸益黝然。……明日及

又明日。更將如何。吾亦姑臥此。今無力。不能移也。且容少休。乃返故處。幸

適有風。吹奇殠悉他向矣。

吾罷極而臥。日照吾手及頭。又無物足以作障。使其。頭。刻。入。夜。則—吾。自。

思。—似。已。第。二。夜。矣。

思緒忽亂。—遂復入忘。

* * * *

吾寐久之。比覺。日已夕矣。見一切如故。足傷依然作劇痛。鄰人龐然僵臥。

亦復如前。

欲弗念是人不可得也何者吾棄愛絕歡跋涉遠道陵凍餒忍炎熱終則陷於巨苦——乃僅爲戕殺斯人來耶戕殺斯人而外吾又嘗有微利於戰事耶

殺人殺人者……顧誰耶

我也！

念吾自夬志從征時吾母及瑪薩泣皆甚哀顧不相沮吾則眩於幻想弗覩其淚亦未嘗知——今乃知之——將有憂患之加於眷屬也

然念之奚益往事不可追矣

當是時有故舊數人其爲狀亦至異耳衆皆曰愚物徒是擾攘自且弗知後事究何爲者——然此何言一則曰愛國再則曰英雄而此口乃亦能作

如是語乎在彼輩目中吾非英雄與愛國者又何物雖然此固耳而吾則—愚物也

吾於是至契錫納夫衆以革囊及此他武具相授從軍而行衆可千人中之出自志—如我—者僅三四他乃不然假能免其役皆願遄返故鄉者也然仍力前絕不遜自覺之吾輩徒步至千威爾斯忒臨敵而戰無慑覷吾輩或且勝也倘放之歸固當投兵立散惟今則服其義務不荒

晨風徐來棘枝搖動驚睡鳥出林而飛明星亦隱天宇已見曉色白雲如毛羽蓬然蔽之昏黃漸去大地吾之第三日至矣……將何以名謂之生抑謂之死乎

第三日……將更歷若干日耶諒不多矣吾罷極恐不能離此屍而去且不久將類之不相惡矣

吾每日當三飲。一朝、午、夕也。

太陽已出。黑色棘枝。從橫分畫巨輪。視之朱殷如人血。意今日者。天气其將酷熱矣。

吾鄰人。一今日汝當如何。汝已怖人甚矣。

誠然。彼滋怖人也。毛髮漸脫。其膚本黎黑。今則由蒼而轉黃。面目臃腫。至耳後膚革皆列。蛆蠕蠕行罅隙中。足緘行縢。脛肉浮起成巨泡。見於兩端鉤結之處。全體彭亨若山丘。更歷一日。乃將如何耶。

傍之臥。抑何可堪者。雖必出死力。吾亦遷矣。特不知能動否耳。吾固能自動其手。能扃軍持。能飲水。特未識運我重滯不動之體則何如。不也。姑試之。縱令動極微。閱一時而得半步與。

遷徙既始。終朝方已。足創固劇痛。然亦何有於我耶。吾爾時已不記常人感覺作何狀。漸習於痛矣。閱一朝。乃遷地不及二克拉式佗。顧已至故處。昂首吐吸。將得新气以舒心神者暫耳。離腐尸不六步也。風向忽變。挾異臭正撲吾鼻。其臭至强。吸之欲噦。虛胃亦作痙攣且痛。五內如絞矣。而臭腐之气。則續續撲鼻無已時。

方術己窮。吾遂泣。

時困頓達於極地。乃頹然臥。識幾亡。忽焉。｜此豈。神。守。已。亂。耳有。妄。聞。耶。似聞。……不然。否、誠也。｜人。語。聲。也。馬蹄。聲。人語。聲。吾欲。号。顧力。自。制。萬一。其。人。爲。突。厥。則將。奈。何。恐。所。遭。慘。若。即就。報。紙。誦。之。亦毛。髮。立。矣。彼輩。將。生。剝。人。膚。傷足。則。烙。之。以。火。……善、且不。止。此。彼輩。長。於。此。道。未可。測。也。｜然則。見。殺。於。彼。殆不。如。野。死。勝。乎。顧使。來。者。而。爲。我。軍。嗟汝。鬼。棘。何事。縈。生。若。祟。埴。者。吾目。不。能。透。棘。有。所。見。也。僅得。一。處。在枝。柯。間。若。小。窗。

能就之少窺外狀遠見平隰其地似有小川記戰前曾飲之誠然亦有石片橫亙水之兩岸如小橋來者殆當過此也—而人聲默矣衆操何國語言絕不能辨詎吾耳亦已聵耶天乎使來者果爲我軍……則吾呼号於此衆當能在橋上聞之此良校見俘於黎什珂見俘於巴希皤支克優也胡以不聞蹄聲耶不能忍矣時屍气雖惡顧已不之知

忽而行人見橋上珂薩克也戎衣色青赤絛在袴持矛數可五十率之行者乘駿馬爲黑髯軍官衆方渡即據鞍反顧大聲呼曰疾走！

吾亦呼曰且止且止嗟乎援我來兄弟！顧馬蹄佩劍聲及珂薩克朗語皆高出吾聲之上—衆不我聞也

吁、吾遂失力而伏以面親土嗚咽繼之軍持仆是中之水—吾性命吾援救吾延生之藥乃忽外流比扶之起則所餘已不及半盞地面乾涸此他悉爲所吸矣。

是舉既空。吾已不復能振。惟微合其目。奄然偃臥耳。且風向屢變。時或睨清新之气。時或依然以腐殠來。鄰人爲狀。今日亦益凶。不能盡以楮墨。吾偶啓目微睨之。乃慄然。面肉已消。脫骨而去。槁骸露齒。吾雖多見髑髏。或製人體爲標本。顧未覩凶厲怖人有如此也。骸著戎服。衣結作光爛然。介吾震慴。心乃作是念曰。所謂戰事—此耳。其象在是。

酷熱不少減。面與手皆且灼矣。乃飲餘水盡之。初苦渴。僅欲飲其一滴。殊不圖一吸盡之也。嗟夫。珂薩克自過吾旁。又胡不止之。縱爲突厥。亦勝於此。彼若我不過一二小時耳。今則輾轉呻吟。殊不知當歷幾日也。嗚呼。吾母。使其知此。殆將自擢皓髮。牴首於牆。以詛吾誕生之日—且爲此始作戰鬥以苦人羣之全世界詛也。

然汝與瑪薩。又胡能知吾之慘死耶。別矣吾母。別矣吾愛吾妻。嗟夫。此苦何可言者。有物塡吾膺。……又復此小犬也。忍哉執事人。就牆撞其首。投之塵屯。犬未死。故受楚毒至一日。顧吾之慘若甚於犬。受楚毒者已三日矣。詰朝而爲—四日。於是至五日。至六日。……死、汝安在。趣來前。趣來前。趣攫我矣。

顧死乃不來。亦不攫我。吾惟臥烈日之下。咽乾且坼。而水無餘滴。屍臭則瀰曼空气中。彼肉全盡矣。有無量數蛆。蠕蠕而墜。蠢動滿地。旣食鄰人盡。僅餘槁骨戎衣—則以次及於我。而吾之爲狀。於是如前人。白晝旣去。深夜繼之。亦復如是。比夜闌而東方作。亦復如是。又空過一日矣。……

棘枝動搖有聲。如私語。右謂我曰。汝死矣。死矣。死矣。左則應之曰。不復相

見也不復相見也不復相見也

側有聲曰伏藏於此又何能見耶

吾忽歸我乃見二碧瞳自棘枝內瞰此雅各來夫吾軍之伍長也曰將鋤來此間猶有兩人其一蓋火伴也

曰毋以鋤來亦勿瘞我吾生也吾心欲号而脣吻乾涸特自是間扃微歎而已

雅各來夫驚叫曰嗟乎彼誠生伊凡諾夫也兒郎彼生也速召醫者

* * * *

可十五分時似有水注入吾脣復有勃闌地酒及他物次乃冥然

監輿徐動其動爽神吾似覺矣而旋暈創傷既裹痛苦皆失四肢舒泰至不可言……

止、！降、！衛者交代。！擧輿。！走、！

施令者彼得·伊凡涅支。爲攝衛隊護視長。身頎長而瘠。和易善人也。雖舁輿者四人。體悉偉碩。而吾視其人。乃先見其肩。次見疏髯。漸乃見首。微呼之曰。彼得·伊凡涅支。曰、何也。小友。則屈身臨我。吾曰。醫何言。頃刻死耶。彼得·伊凡涅支。曰、此何言。伊凡諾夫—雖然。……汝安得死。汝骨皆無損。此幸事也。動脈亦無故。惟汝何能自活至三日。汝何所食耶。吾曰。無之。曰、然則何所飲。吾曰。得突厥人軍持。彼得·伊凡涅支。今茲不能言。爾後……曰、諸、神相汝。小友。盍且寐矣。

又復入寐。入忘。……

覺。乃在醫院中。醫及護視者。繞而立。此外。更見名醫。爲聖彼得堡大學主講。舊識。其面。則俛。而臨。吾足。次。血滿。其手。似有所爲。少頃。乃顧我言。曰。神

則右汝少年汝生矣吾輩僅取汝一足然此特一小事耳今能言耶

今能言矣遂具告之如上所記

（樹人）

文錢

一　俄國　斯諦普虐克　著

唉、小子。汝曹未知俄國前此未有地主長老肥賈時。民生樂康。至自由也。惟據古父老言。其時乃不久存。以魑魅弗歡。妬鄉農晏安福且逾己。爾時人人寧處。世間不聞竊盜誑詐之事。魅乃默計。將何惱人。使入困苦。湛思七年。不食不飲。亦不晏息。於是造作長老。又七年。造作巴林（華言土田主）。畜農奴者。又七年。造作商賈。魅喜而狂。唉。林間木葉。皆振墜地。隨遣三害。往祟鄉農。而彼愚民。非特不除去之。反衣之食之。使騎於頸。自是以後。農遂無復安時。長老巴林商人共斯列之。三害。殃農。非操刀兵。相傷劬。僅以一文銅錢耳。日出農即思曰。吾將何以得一文錢乎。日入又思曰吾將何以得一文錢乎既而無計禱於地母曰烏乎地母幸教我以處得一文錢地喃喃答曰財源即在我耳農乃取鏟掘地自晝達夜以至次日三日成一深坎而終無錢土盡達沙沙盡惟有泥濘逮掘復下繼之以水終見黃壤鏟已敗壞終無有錢農乃以手力掘久久乾壤已盡下有石層不能更掘

農仆坎中痛懟地母胡爾作劇忽乃見土塊之下有一銅錢蒸潤既久綠華斑駁狀與土同農疾攫之睃以朒鄭重包裹置之匈次攀援出坎復至日光之下隨懷錢而歸

途中有赤楊髮蓬蓬然迎與問訊且曰鄉人鄉人汝衣裳胡以如魚網耶農曰吾得一文錢矣楊樹搖其首曰此錢之直貴哉行益前有山鳥鬨曰鄉人鄉人汝胡全身甲錯且皰瘇如橡樹皮耶農曰吾得一文錢矣鳥長

噓。飛。去。自語。曰。吾竊。自。幸。非。鄉。農。也。已而。行。近。小。川。魚復。問。曰。鄉人。鄉。入。汝胡。瘦。之。甚。如青。魚。耶。農曰。吾得。一。文。錢。矣。魚無。言。惟掉。其。尾。疾沒。入。水。底。翼離。人。世。懼已。亦。化。爲。農。夫。也。

農又前。乃遇長老。即去帽爲禮。長老見農方自工作歸家。意必有一文錢。思奪而有之。乃前詣鄉人。命之曰。启汝口。農如言。又命曰。出汝舌。農吐其舌。長老探袋中出鑱屑。以少許撒農人舌上。餘屑還納之。留爲後用。已遂曰。然則與我錢。農與之。白手返舍。妻詢曰。汝得一文錢乎。農曰然。妻曰。錢今安在。農曰。吾敬捐諸神甫矣。妻曰。謝上帝。今盍來共飧乎。二人禱已就食。有松皮與雨水。食已。農又謝上帝賜福之恩。隨臥地偃息。

長老返家。思將此錢何用。思之久久。忽曰。吾知之矣。乃召波諾摩爾。(此云撞鐘人)波諾。摩。爾。司。歌。聖。曲。亦善。賈。易。聞召遂至。長老曰。長鬣來。汝知我今日齊期。乃無肉喫。今以此錢賜汝。可炙汝雛豬來。第記之。勿妄語人。如饒舌者。直拔盡汝髮。惟處置若善。當賜汝豬尾舐之。波諾摩爾去而自計曰。大腹漢。復次奈何。否否。汝可自舐豬尾。吾將畜養小豬使肥。自售之阿爾海黎(此言主教)耳。

波諾摩爾取錢赴郡店。語商人曰。估來。今以一錢與汝。可將豬子一上神甫。更賸蠶蜜一房。用酬吾勞。商大咲。顧仍受錢。自思曰。吾可取之農夫耳。商人趣農家。示以一錢曰。汝見此錢乎。汝出豬一口。蜜一房。狠皮裘料一領。錢便歸汝。農曰。諾、吾休息已足矣。農有一豬。本畜以度佳節者。即舉以與商人。自語曰。無妨。待搖籃中小兒長大。再過佳節未晚也。隨取樹皮餅一片。臿刀靴中。遝入深林。且行且覷。審有蜜否。否、不也。行益遠。餅已啖盡。掇艸根苧實爲食。而蜜終無有。久之。始遠聞蜜味。趁香而行。直至一大苦提樹次。有蜜蠭羣飛。第近之。則見巨熊立穴旁。方舉掌將探之。農驚呼曰。唉、彼殆欲奪我蜜耶。即抽刀奔之。熊卻立迎敵。農折楊枝一束揉之。繞左手如盾。右手持刀。熊前擊以掌。農出左手揮之去。而右手挺刃刺其匈。沒刃至於柄次。農騾躍退。糾結樹間。竟爲熊得。乃徒搏。熊力挾農。骨幾碎折。農亦力挾熊。血自創孔四溢。旋仆地死。農自拂其身曰。天意慈悲。雖農夫猶不見棄。使不遣熊來。吾又當別獵一狼。安有期日。今有熊革。若以代狼。想商或不介意也。遂褫皮取蜜房而返。商人見熊皮。乃搖其首曰。熊革可代狼革耶。汝必有以相補。農曰。吾有何物可補。吾褌何如。商曰可。農去褌授之。已則受錢。將往巴林家償去歲飲牛之稅。蓋川有水流。俾鄉人得飲其牛者。非巴林禱顲之力。必不能至也。

農行次。自視手中之錢。錢數經人手。繡澀巳去。不復如前此初上神甫時。

矣。是本同此一錢而農不識惟曰錢甚佳較吾舊錢加潔今以上巴林庶不致傷主人貴手矣。

已而至莊。去帽立門次。而事偏乖戾。時巴林那（此云女主人）適凭窗外眺。察有無少年官吏來。見鄉人無褌。乃啼曰。唉唉。吾其死矣。目上轉。仆於罽毯之上。踬足數四而絕。侍僕見狀。疾走告巴林云。巴林那惠視一無褌之鄉人。喜而垂死矣。巴林奔出。以足踶農夫。且厲聲叱咤。既而知爲納稅來者。气乃立平。譪然受錢。隨書一紙付之曰。漢子。可爲我持此紙致之斯多諾跋（此云警吏）。農夫如旨。斯多諾跋握拳切齒。暴怒而喘。大哮曰。汝安敢。畜產。汝安敢陵辱夫人者。鄉人欲自解。而卒不可得。吏怒因益烈。叱曰。何者。汝狗。猶欲抗頼耶。吾將流汝鮮卑。將生剝汝皮。如是云云。又力扑鄉人。如將執而投之。或躍入其口中者。

鄉人妻聞信。急奉一公鷄至斯多諾跋前。跽而請曰。小父。今以一鷄獻汝。幸納之。惟勿殺吾夫。否則吾與小兒。皆將餓死。斯多諾跋怒幾絕。大呼曰。一鷄。汝何。敢。以。一。鷄。上。我。吾事。天。神。皇。帝。爲官。二。十。年。未嘗。受。辱。如。是。可立。捉。汝。老。殺。來。不爾。吾當。發。汝。茅。舍。鄉人。急。上。其。羊。官怒。漸。息。僅命。賜。鄉。人。以。鞭。即釋。之。農歸。命其妻爲製新褌。以彼尚當赴巴林園中工作。懼巴林那再見之也。

巴林徐步莊中。思處置此錢之法。久而得計。命復召鄉人。語之曰。吾友。吾聞汝需柴。今園中有枯枝一。可取之。惟當爲我一行。詣吾友薩弗倫·孤時密支家。距此僅五百里耳。爲我致意。候其起居。且請過我。鄉人曰諾。遂出就道。行久之。終達其地。傳巴林之命。孤時密支立至。彼蓋巴林良友。少時曾同事皇帝者。巴林款客。即共博。置此錢爲賭。孤時密支勝而得之。欣然驅車歸。高歌道中。而巴林則大恚。因往召瑣支克。(此云摧租吏)令收鄉人之稅。瑣支克造農家。坐而索租。鄉人曰。然則吾安從得錢者。吏曰。汝自謀。之。第必。有。錢。乃。可。設不。然。巴林。將。更。遣。斯。多。諾。跋。來。矣。

鄉人搔首。不知所爲。惟事必得錢始已。遂外出。將謀工作。游行皆遍。卒無工可得。終乃至前此嬴錢紳士家。踵門乞工。紳士呼家臣問之。曰。此間有工事乎。家臣曰。唯、水堰方圮。須急補之。特其事滋險。工人每卷於水。不復能出。且又適在水磨輪下。今若。使。鄉。人。治。之。極稱。凡。鄉。人。皆。不。惜。躬。蹈。水。火。以。求。一。錢。也。主人曰。善、家臣出語鄉人曰。汝可修補潭堤。且爲我築一小舍。惟我助汝。始得工作。汝當得直一錢。第宜先築我室。吾輩命皆在天。汝倘溺死。則不能更踐夙約矣。農應曰。諾。即負斧入山。斫木數株。曳之至庭中。築一舍。家臣出而視之。贊曰好。遂取一盃令鯨之。盃蓋二日以前。曾用以飲伏特伽酒者。鄉人曰。多謝多謝。洵非常之惠也。

鄉人入修潭堤。水旋動如渦。修繕既竟。將出。而水卷之去。直入輪下。家臣曰。嘻、彼了矣。所賺一文錢。正好遺以與我。而鄉人力泅。竟安然出水。家臣不得已。與之。鄉人懷錢而歸。自忖曰。上帝宜謝。今七日中。巴林當可不來索稅。吾得乘間少治私事。且略休息。備一年勞碌也。

鄉人徑至巴林家。見庭中滿撒杜松。人皆黑衣。牖明雙燭。因問曰。今何事耶。衆告之曰。巴林死矣。鄉人泣下。歎曰。上帝安其魂魄。彼好主人也。遂請巴林那出受錢。然不得見。巴林那方以巴林之死。傷心萬狀。有一少年官吏慰其憂。故禁人入。鄉人歸。掘地。作小坎。埋錢其中。俾不失墜。

越數日。鄉人外出而歸。途中聞泣聲。驚而四顧。則見女嬰坐道周。泣甚哀。乃就詢之曰。孺子胡哭。爲女郎。遂言其父病革。當召長老。使染指油罌中。

以塗病者之口○而長老不肯枵腹來○其家又無物爲報○鄉人出粗手○按小兒頂○爲理其髮○且曰○癡兒勿哭○吾當爲汝償神甫耳○女郎致謝○即奔而招長老○鄉人返舍○掘錢出○就日光中諦視之○忽拱其手○彼識○此錢○矣○此蓋○即○往○時○幾○經○辛○苦○掘自○地○心○之○故○物○今埋○地○中○又已○綠○華○斑○駁○如○前○此○矣○鄉人○憂○忩○且○泣○知凡○有○勤○苦○皆歸○虛○空○心力○勞○瘁○所得○僅○此○一○錢○而此○錢○實○往○時○所○本○有○今又○當○入○長○老○之○手○且復○游○行○世○界○一○周○後來○落○何○人○手○中○其人○便○可○騎○其○頸○上○即偶○爾○復○歸○茅○舍○亦不○長○留○不久○必○仍○歸○之○巴○林○或○長○老○耳○

* * * *

鄉人遂決意曰○吾不更以此錢與人矣○隨白手往鄰家○見病人之脣已塗油澤○長老屹立室中○方收集各物○如餅餌鷄卵麻線之屬○又復狠顧○審更

有何物可取。比見百物已空。始返語鄉人曰。今可與我錢矣。鄉人曰。唉、小父小父。勿劫奪正教之民。長老呼曰。無賴子。汝胡敢以此語語汝神甫者。鄉人曰。小父小父。吾言從良心而發。請弗掠奪正教之民。小父試思汝究何所爲者。長老攫小兒搖筐奔鄉人。且呼曰。第與我錢。吾聽汝讕言已足矣。鄉人持其手曰。否、小父可去。神當偕君。吾終不與君錢。若以與君足長君惡。此吾罪也。

長老提其法衣之裾。疾奔至巴林莊。入室。見巴林那與一官同坐。官方極樂。蓋適乞巴林那爲妻。已得允也。見長老唉曰。小父。何事皇遽。寗夫人撻君耶。長老曰。若在細君事不關大。吾儕會即和解。第今有巨變。鄉人反叛矣。遂述農所言。官曰。善夫。君乃自命爲長老。君髮固長。而智則短。乃不能治一鄉人耶。

新巴林顧其僕曰。為我捉鄉人來。無待我與言。第以目視之。行見彼馴不復動矣。僕往拘鄉人。巴林自將其須。將當長老及巴林那前。一示威武。未幾僕返。偕鄉人立門外。巴林曰。挈之前。吾將視之。言次目左右視。忽睨長老。纔視夫人。僕推鄉人上。巴林立室中。左手叉腰。右手納衣袋中。伸其頸。切齒作態。目輪轉不止。鄉人見之而驚。呼曰。小父。汝殆病矣。可憐可憐。且少待。吾當取清水相沃也。言已。不竢返答。即趨出庭中。脫垢帽就桶挹水。奉之進巴林曰。嘍、小父飲之。而巴林不言。退坐倚中。惟瞋其目。蓋當夫人長老前。殊自媿其不武也。巴林那突起扑鄉人。幾拔去其須。且呼曰。汝胡敢以汝垢帽進巴林水者。鄉人傾水窗外。問巴林曰。主人胡乃召我。巴林意定。乃仰倚。臿手兩袋中曰。吾友。汝胡叛也。鄉人曰。叛耶。吾惟言長老掠民。是為罪過。若長其惡。亦罪過耳。巴林曰。吾友。汝言何也。長老乃汝神甫。

汝豈欲彼自食其力。不待汝養耶。吾意汝且復言。吾亦當舍汝供奉。自爲養矣。鄉人曰。汝雖巴林。顧非白癡人。自當早見及此。吾果將不復賦若。巴林。躍起直趨鄉人。索錢。然終無濟。蓋鄉人不肯以錢與人矣。

農返舍後。巴林長老巴林那共坐議策。久思不決。終乃得計。命致書斯多諾跋云。鄉人反叛。不肯出錢。有司當往理之。斯多諾跋發書讀畢。顏色慘白。自思曰。天乎。吾末路至。鄉人會殺我矣。雖然。官有職守。勢在必往。因取短銃。四支懸腰帶間。跨馬而行。逮距農家百步。乃驟馬過。茅屋前如暴風雨。狂呼曰。錢來。錢來。賊如不出錢。吾將分列汝軀。拂之去地球之上。便力策其馬。時舍中嘈雜萬狀。農雖外出。而斯多諾跋大呼。牛聞之驚。牟牟然鳴。羊豕皆嗷。犬突籬而出。狂吠。逐馬後。斯多諾跋曰。吾無幸矣。落其繮。力握馬鬃。翕其目。馬逸而奔。陡觸大石。斯多諾跋到墜地上。臥而思曰。吾今

死矣上帝幸安我魂

犬趨前躶地上臥人一周即搖尾自返茅舍斯多諾跋偃臥靖以待死顧久待而死終不至乃漸启一目纔復启其一徐舉首四顧馬亦旁臥折其一足斯多諾跋又自忖曰唉、吾將奈何鄉人行必捉我爲俘虜耳恐怖幾死顧終鼓勇力奔屢起屢踣時投叢莽時人泥澤衣履破碎血出如縷幾無人狀己而至署即坐起艸作文申之總督言鄉農反叛不肯出錢下官斯多諾跋往諭鄉人不聽且咆哮如野獸又縱怪犬一種噬之逐人犬蓋鄉人特畜爲用者狀至怖人其大如犢疾飛如風鄉人又撮巨石擲之大如牯牛致斷其馬之前蹄總督覽文牘已曰、斯多諾跋壯勇宜旌以聖喬治十字勳章

總督乃命集官軍一旅往討鄉人次日黎明總督偕斯多諾跋將兵出薄

莫氏鄉人所居林外士卒支穹廬而臥官長悉赴中軍與總督商略擒敵之計僉謂夜戰滋險請至明晨鄉人當出林就此泉洗滌然後圍而捕之次日兵圍泉次先匿叢薄中俾弗能見未幾鄉人果來方俛而掬水伏兵皆起鼓角怒号鄉人拭目曰何事而斯多諾跋作气奔而前揮劍令士卒曰兒郎壯汝膽吾儕當為教宗及皇帝陛下拚死戰也言次又攫一旗呼曰荷荷隨我前矣兵皆大呼進搏鄉人鄉人欲自衞而不可得旋為衆所獲反接其手致之總督帳下鄉人雖敗顧已摧兵士火器數支嚙斷刃尖二枚總督怒哮曰咄錢來鄉人曰否我不與也遂下之獄鞫之定讞以反抗固執之罪當鞭二萬五千復置故處又遣兵一旅宿其家須鄉人食之逮出錢始已又以所嚙刃尖及斯多諾跋敝軍衣責其償

獄夬鄉人歸省其家而士卒亦踵至坐而待飯鄉人為宰一羊衆食已呼

曰不夠又殺一豬士卒復曰不夠不夠又殺一牛士卒曰吾儕餓益甚遂於未食矣鄉人自念如是必啖我始已乎因答曰火作請少待吾將往蘯舍爲君求蜜衆曰可鄉人取帽出門自語曰汝曹且坐嘀杜木當蜜可耳使不樂是可嚙磚爲代我則不復供養汝矣

鄉人走入深林行三晝三夜不止及第三日之夕至一荒地亙古無人迹登小山而坐又復四顧舉左足就其下取錢出此即前此自累之一文錢也鄉人視之曰吾錢吾爲汝久擔愁苦自汝之入吾懷肉攫之鳥即相因而至吾知無汝當更無歎然吾寧瞑雙睛終勝見吾辛苦所得之錢往事仇敵也隨掘一穴埋錢其中自偃臥錢壠之上愀然若思曰如汝無錢可臥棺中如有一錢溺汝水中已復長歎伏地禱曰嗟夫地母敎我以我不知當如何而行乃能無憂即在吾生亦得有好日度也言已遂入湛睡

人在黎明智故勝於夜分也詰朝鄉人覺深思久之起折樹枝以利石治成鏟狀用造一土室上覆雜樹益以青苔凡有罅隙亦無不以苔苴之閉戶支以石遂居其中久之田野艸原百物皆具儼然一家鄉人居之惟在樂康中度其歲月也

小子何言使凡良民能少加智慧各知自衞能有爲者則世界人人皆可平安豐富終其一世更無須飄忽潛遯匿迹山林矣念之哉

雜識

哀禾 Juhani Aho

本名勃羅佛爾德 Brofeldt。生年未詳。今尚存。爲芬蘭近代文人之冠。所作有牧師之女 Papin Tytär 海爾曼公 Hellmanin Herra 最有名。一千八百九十年游法國。歸而作孤獨 Yksin 一卷。爲實寫派大箸。又木葉籙 Lastuja 一卷。皆小品也。今所譯先驅即是中之一。

亞倫·坡 E. Allan Poe

一千八百九年生。幼孤。受育於亞倫氏。故兼二姓。性脫略耽酒。文極奇妙。人偁鬼才。所作皆短篇。善寫悔恨恐懼等人情之變。有自編小品二冊最佳。一千八百四十九年十月。以洪醉得疾死。

默。自題曰寓言意以示幽默之力。甚於寂寞者。可與安特來夫所作參之。 亞附克曼。斯巴達詩人。生於耶穌前六百五十年。 厲鬼、原作台芒 Demon。字本希臘陀蒙。誼曰神。力比邪。即亞非利加。 昆赫漢士。神獸。見瑪約。 摩琪。古波斯教士之偁也。

摩波商 Guy de Maupassant

生於一千八百五十年。師佛羅貝爾 Flaubert。爲法國自然派大家。以小品名世。所作凡數百首。簡潔深刻。人不能及。又有小說六種。其中人生 Une Vie 一書。偁最精嚴。摩波商洞觀人生。轉成憎惡。遂於九十三年自殺不果。終發狂人院中。

月夜一篇。可彷彿見摩波商著作大意。此言靈肉之衝突。而人欲終爲世主者也。相其外貌。與常人言愛之神聖頗近。第返檢作者行狀。則殊異可見矣。摩理雖。源出摩理那諾。意太利地名。法人於此。曾兩獲大捷。一在十六世紀與瑞士戰。一在千八百五十九年克奧地利也。故云勇猛。路得波阿斯故事。見舊約路得書。既詿先人。指夏娃之於亞當也。見舊約創世記。

穆拉淑徵支 M. Mrazovic

事迹不詳。英人華氏譯其著作爲一卷曰問訊Selam。序言恨國人寡陋。視波思尼亞猶若野人。鄙夷不之齒。因發憤譯此。以示文華之一斑云。波思尼亞屬斯拉夫種。爲突厥附庸。其文章各國皆罕見。今譯二篇。

不辰者。爲棄婦而作也。亦可見突厥風俗之一端。綏拉易伏。地名。三見棄者。回教法律。凡夫棄婦。有可收不可收之別。不可收者。當重言三次。棄後如欲復收。必待婦別適人。復三見棄乃可。

摩訶末翁。記老人之稱。終乃暴卒。審其文意。殆中毒也。通篇不著一詞。而自有哀慘之氣。翁、本作巴波。諺云父。今易之。波古密爾者。波思尼亞相傳上古人種之名。

顯克微支 H. Sienkiewicz

小傳見第一册。

天使者。波蘭文人斷望之聲也。兒行林中。不見天使而遭異物。其狀蓋熊耳。結末止數語。而栗然悚人。使景敎國人讀之。其感自更深切矣。波蘭語天使曰亞紐爾 Aniol。老媼傳訛。則音轉爲耶妙爾 Jamiol。

鐙臺守爲千八百七十餘年著者游美洲後所作。本於實事。波蘭人特性。深愛其故鄉宗敎。百折不二。讀鐙臺守者。亦可彷彿見之。克羅爾人者。美州偁法國土著之語。波蘭亦奉舊敎。故法人謂非外道。密克微支生於千七百九十八年。時當波蘭分析。作詩皆懷故鄉。千八百五十五年卒。

迦爾洵 V. Garshin

小傳見第一冊。

四日者。俄與突厥之戰。迦爾洵在軍。負傷而返。此即記當時情狀者也。氏深惡戰爭而不能救。則以身赴之。觀所作「廦頭」二篇。可見其意。菲羅。突厥人偁埃及農夫如是。語源出阿剌伯。此云耕田者。巴侅。突厥官名。猶此土之總督。爾時英助突厥。故文中云。雖當英國特製之庇波地或馬梯尼銃………

斯諦普虐克 Stepniak

本名克拉夫靖斯开 S. Kravtchinski。此其別字也。誼曰大野之子。千八百五十二年生。以國事逃亡英倫。九十七年偶出觸車而卒。所箸有小說傳奇各一篇。論文數種。

一文錢。原名戈貝故事。其事雖若滑稽。而誠者實太半。特少張大而已。戈貝者。俄國銅錢。直可十文也。聖喬治十字勳章。爲俄國最賞之章。非戰功不能得。

域外小說集第一册目次

域外小說集第二册以後譯文

英國淮爾特　杜鵑
匈加利育珂　伽蕭太守
俄國都介納夫　猶太人　莓泉
俄國凱羅連珂　海　林籟
瑙威畢倫存　父　人生臨事
丹麥安兌然　和美洛斯壠上之華
芬蘭不復林多　荒地　術人
及其他歐美名家小品

新譯豫告

波闌顯克微支　粉本（原名炭書
匈加利密克札忒　神蓋記
法國摩波商　人生
俄國安特來夫　赤咲記
俄國來爾孟多夫　並世英雄傳

己酉六月十一日印成

定價小銀圓三角正

不許翻印

發行者　周樹人

東京市神田區錦町三丁目一番地

印刷者　長谷川辰二郎

東京市神田區錦町三丁目一番地

印刷所　神田印刷所

總寄售處

上海英租界後馬路乾記衖　廣昌隆綢莊